U0473004

追击

El acoso

[古巴] 阿莱霍 · 卡彭铁尔 著

陈皓 译

人民文学出版社
PEOPLE'S LITERATURE PUBLISHING HOUSE

著作权合同登记号　图字 01-2022-4134

Alejo Carpentier
El acoso

图书在版编目(CIP)数据

追击 /（古）阿莱霍·卡彭铁尔著 ； 陈皓译.
北京 ： 人民文学出版社，2025. --（卡彭铁尔作品集）.
ISBN 978-7-02-019171-0

Ⅰ. I751.45

中国国家版本馆 CIP 数据核字第 2025AE6042 号

责任编辑　**朱卫净　周　展**
装帧设计　**汪佳诗**
封面绘画　**赵　瑾**

出版发行　**人民文学出版社**
社　　址　**北京市朝内大街 166 号**
邮政编码　**100705**

印　　制　**山东新华印务有限公司**
经　　销　**全国新华书店等**

开　　本　**889 毫米×1194 毫米　1/32**
印　　张　**4.75**
字　　数　**76 千字**
版　　次　**2025 年 3 月北京第 1 版**
印　　次　**2025 年 3 月第 1 次印刷**

书　　号　**978-7-02-019171-0**
定　　价　**69.00 元**

如有印装质量问题，请与本社图书销售中心调换。电话：010－65233595

大师中的大师——卡彭铁尔（代序）

陈众议

拉美“文学爆炸”早已尘埃落定，但有关讨论一直没有终结，在可以想见的未来也难有定论。自从世纪之交转向更为古老的西班牙文学，我已经很少再就拉美文学发声了。这次是个例外：应了老朋友黄育海先生和心仪的九久读书人之约，得以重拾旧梦，聊慰契阔之情。

说起拉美文学，大家首先想到的也许是加西亚·马尔克斯，殊不知先他进入世界文坛聚光灯下的却另有其人。譬如聂鲁达，又譬如阿斯图里亚斯，再譬如卡彭铁尔，等等。后者便是今天的男主角。至于女主角，则可能是九久读书人中的某一位编辑，她的芳名我就不提了。

一、浪子回头

帕斯的名言是“只有浪子才谈得上回头”。此话贴合几乎所有现当代拉美作家。他们囿于各种原因离开美洲大陆，到古老的欧洲寻宝；但开启宝藏之门的并非《阿里巴巴和四十大盗》中的芝麻秘诀，而是蓦然回首。

阿莱霍·卡彭铁尔（Alejo Carpentier，1904—1980）出生在哈瓦那，父亲是法国建筑师，母亲是俄国钢琴家。由于家庭背景特殊，他从小在法国、奥地利、比利时和俄国上学。以上是作家生前的自述。而今，学界有心人经过好一番探赜索隐，发现事实也许未必如此。虽然卡彭铁尔天资不凡，从小精通多种语言，并在建筑、音乐、文学等领域颇有造诣，但出身并不显赫。据后来的传记，他降生于瑞士的一个极为普通的人家，童年时期随父母移民古巴，定居在一个叫作阿尔基萨的乡下小镇。为贴补家用，他小时候一边上学，一边做小工，譬如早晨给临近的居民送牛奶。[①] 青年时期他因参与反独裁活动，一度遭当局通缉，甚至锒铛入狱。

他的文学兴趣迸发于二十世纪二十年代。一九二三年，他

---

① https：//www.biografiasyvidas.com/biografia/c/carpentier.htm.

在巴黎与同时身处法国的阿斯图里亚斯不期而遇，并双双加入布勒东的超现实主义阵营，尽管因为寂寂无名，并未被后者列入超现实主义诸公名单。为此，他与阿斯图里亚斯携手创办了第一份西班牙语超现实主义刊物《磁石》，尔后又殊途同归，开创了魔幻现实主义。

至此，花开两朵，我只能因循先人，各表一枝。

先说“寻根运动”。它无疑是对现代主义、先锋派和世界主义的反动，也是拉美文学真正崛起的重要原动力之一。二十世纪二三十年代，针对现代主义和汹涌而至的先锋思潮和世界主义，墨西哥左翼作家在抵抗中首次聚焦于印第安文化，认为它才是美洲文化的根脉和正宗。同时，正本清源也是拉美作家摆脱西方中心主义的不二法门。由是，大批左翼知识分子开始致力于发掘古老文明的丰饶遗产，大量印第安文学开始重见天日。“寻根运动”因兹得名。这场文学文化运动旷日持久，而印第安文学，尤其是印第安神话传说的重新发现催化了拉美文学的肌理，也激活了拉美作家的一部分古老基因。魔幻现实主义等标志性流派随之形成，并逐渐衍生出了以卡彭铁尔、阿斯图里亚斯、鲁尔福、加西亚·马尔克斯等为代表的一代天骄。我国的“寻根文学”直接借鉴了拉美文学，并已然与之产生了具有深远影响的耦合和神交。同时，基于语言及政治经济和历史文化等千丝万缕的联系，西方文学思潮依然对后殖民地国家产生了巨大影响。用卡彭铁尔的话说是“反作用”。它们迫使拉美作家在借鉴和扬弃中确立自己的主体意识或身份自觉。于是，在“寻根运动”、魔幻现实主义和形形色色的作用力和反作用力的催化下，结构现实主义、心理现实主义、社会现实主义等带有鲜明现实主义色彩的文学流派相继衍生，其作品在拉美文坛如雨后春笋般大量涌现，一时间令世人眼花缭乱。人们遂冠之以“文学爆炸”这般响亮的称谓。

再说魔幻现实主义。它发轫于二十世纪三十年代，而始作俑者恰恰是卡彭铁尔和阿斯图里亚斯。卡彭铁尔曾经这样宣称：“我觉得为超现实主义效力是徒劳的。我不会给这场运动增添光彩。我产生了反叛情绪。我感到有一种要表现美洲大陆的强烈愿望，尽管还不清楚如何为之。这个任务的艰巨性激励着我。我除了阅读所能得到的一切关于美洲的材料之外没做任何事。我眼前的美洲犹如一团云烟，我渴望了解它，因为我有一种信念：我的作品将以它为题材，将有浓郁的美洲色彩。”① “这是因为美洲神话的源头远未枯竭，而这是由美洲的原始风光、它的构成和本原、恰似浮士德世界中的印第安人和黑人在这块大陆

---

① Carpentier：*Confesiones sencillas de un escritor barroco*，La Habana：Revista Cubana，1964，XXIV，pp.22—25.

上的存在、新大陆给人的启示以及各个人种在这块土地上的大量混杂所决定的。”① 同时，超现实主义对他产生的影响又是毋庸讳言的，并且是至为重要的。它使卡彭铁尔发现了美洲的神奇现实（又曰魔幻现实）。卡彭铁尔说：“对我而言，超现实主义有着十分重要的意义。它启发我观察以前从未注意的美洲生活的结构与细节……帮助我发现了神奇现实。”② 同样，阿斯图里亚斯说：“超现实主义是一种反作用……它最终使我们回到了自身：美洲的印第安文化。谁叫它是一个耽于潜意识的弗洛伊德主义流派呢？我们的潜意识被深深埋藏在西方文明的阴影之下，因此一旦我们潜入内心的底层，就会发现川流不息的印第安血液。”③

卡彭铁尔与阿斯图里亚斯不谋而合。因为，在反叛和回归中，他们发现了美洲现实的第三范畴：神奇现实或魔幻现实。阿斯图里亚斯说：“简言之，魔幻现实是这样的：一个印第安人或混血儿，居住在偏僻的山村，叙述他如何看见一朵彩云或一块巨石变成一个人或一个巨人……所有这些不外乎村人常有的

① Carpentier：“Prólogo a *El reino de este mundo*”，México：Fondo de Cultura Económica，1949，pp.1—3.

② Carpentier：*Confesiones sencillas de un escritor barroco*，p.32.

③ Alvarez，Luis：*Diálogos con Miguel Angel Asturias*，México：Fondo de Cultura Económica，1974，p.81.

幻觉，谁听了都觉得荒唐可笑、难以相信。但是，一旦生活在他们中间，你就会意识到这些故事的分量。在那里，尤其是在宗教迷信盛行的地方，譬如印第安部落，人们对周围事物的幻觉能逐渐转化为现实。当然那不是看得见摸得着的现实，但它是存在的，是某种信仰的产物……又如，一个女人在取水时掉进深渊，或者一名骑手坠马而亡，或者任何别的事故，都可能染上魔幻色彩，因为对印第安人或混血儿来说，事情就不再是女人掉进深渊了，而是深渊带走了女人，它要把她变成蛇、温泉或者任何一种他们相信的事物；骑手也不会因为多喝了几杯才坠马摔死的，而是某块磕破他脑袋的石头在向他召唤，或者某条置他于死地的河流在向他招手……”①

二、豁然开朗

二十世纪三十年代，卡彭铁尔在长篇小说《埃古-扬巴-奥》(1933)中初试牛刀。小说由三部分组成。第一部分写主人公梅内希尔多的童年时代，展示了黑人文化对主人公的最初影响：刚满三岁，梅内希尔多被爬进厨房的蜥蜴咬了一口。照

① Lowrence, G. W.: “Entrevista con Miguel Angel Asturias”, *El Nuevo Mundo*, 1970, I, pp.77—78.

料四代人的家庭医生老贝鲁阿赶紧在茅屋里撒一把贝壳，坐在孩子的床头上向着“主神”喃喃祷告。第二部分是主人公的少年时代，写他如何从一个少不更事的“族外人”变成一个笃信伏都教的“族内人”。第三部分叙述他为了部族的利益，不惜以身试法。结果当然不妙：他不但身陷囹圄，受尽折磨，而且最终死于非命。与此同时，黑人无视当局的禁令，化装成妖魔鬼怪，奏响了古老的鲁库米、阿拉拉和贡比亚，跳起了长蛇舞。在《一个巴洛克作家的简单忏悔》中，卡彭铁尔对《埃古-扬巴-奥》的创作思想进行了回顾，他概括说：“当时我和我的同辈‘发现’了古巴文化的重要根脉：黑人……于是我写了这部小说，它的人物具有相当的真实性。坦白地说，我生长在古巴农村，从小和黑人农民在一起。久而久之，我对他们赖以生存的宗教仪轨产生了浓厚兴趣。我参加过无数次宗教仪式。它们后来成了小说的‘素材’……它们使我豁然开朗，因为我发现作品中最深刻、最真实、最具世界意义的，都不是我从书本里学来的，也不是我在以后二十年的潜心研究中得出的。譬如黑人的泛灵论、黑人与自然的神秘关系以及我孩时以惊人的模仿力学会的黑人祭司的种种程式化表演。”①

---

① Carpentier：*Confesiones sencillas de un escritor barroco*，pp.33—34.

然后是《人间王国》，它和阿斯图里亚斯的《玉米人》被并称为魔幻现实主义的定音之作，而且同时发表于一九四九年。它们是美洲集体无意识的艺术呈现。过去人们一提到魔幻现实主义，就会想当然地援引加西亚·马尔克斯的话，即拉丁美洲是一片神奇的土地，他的每一句话都有案可稽。他并且据此否定自己是魔幻现实主义作家。然而，他笔下的神奇并非看得见摸得着的现实，而是“人间王国”中人的内心世界。

《人间王国》由四部分组成。第一部分写海地黑人蒂·诺埃尔的内心世界，动因之一是十八世纪末黑人领袖麦克康达尔发动的武装起义。但后者实际上只是蒂·诺埃尔迂回曲折的意识流长河中的一个旋涡，一段插曲。麦克康达尔发动武装起义，向法国殖民当局公开宣战。可是起义遭到了镇压，麦克康达尔本人沦为俘虏并被活活烧死。第二部分写海地黑人的第二次武装起义，由另一位黑人领袖布克芒领导。人们用复仇的钢刀和长矛击败了强大的法国军队，但法国增援部队带着拿破仑的胞妹波利娜·波拿巴和大批警犬在古巴圣地亚哥登陆并很快收复失地。第三部分写布克芒牺牲后，蒂·诺埃尔追随白人主子来到圣多明各。不久，法国大革命的福音终于传到了加勒比海，奴隶制被废除了，白人主子失去了一切。人们踌躇满志，岂知黑人领袖亨利·克里斯托夫大权在握，不可一世，成了独夫民贼。第四部分写亨利·克里斯托夫如何仿效拿破仑，在岛国大兴土木，为自己加冕。最后，在全国人民的一片声讨声中，亨利·克里斯托夫在他的“凡尔赛宫”自戕了。此后，自命不凡的黑白混血儿控制了局面。他们比以往任何政府更懂得怎样盘剥黑人。蒂·诺埃尔在苦难的深渊中愈陷愈深。最后，他终于忍无可忍，抛弃了一贯奉行的明哲保身的处世之道，毅然决然地投身于社会革命。这时，神话被激活了。古老的信仰焕发出新的活力。

此后，卡彭铁尔一发而不可收，在《消失的足迹》中旁逸斜出，选择欧陆人物对印欧两种文化进行扫描。小说写一个厌倦西方文明的欧洲人在南美印第安部落的探险之旅。主人公是位音乐家，与他同行的是他的情妇——一个自命不凡的星相学家和懵懵懂懂的存在主义者。他们从某发达国家出发，途经拉美某国首都，在那里目睹了一场惊心动魄的农民革命，尔后进入原始森林。这是作品前两章的内容。后两章分别以玛雅神话《契伦·巴伦之书》和《波波尔·乌》为题词，借人物独白、对白或潜对白切入主题：一方面，西方社会的超级消费主义正一步步将艺术引向歧途；另一方面，原住民文化数千年如一日，依然古老雄浑。印第安人远离当今世界的狂热，满足于自己的茅屋、陶壶、板凳、吊床和乐器，相信万物有灵论，拥有丰富的神话传说和图腾崇拜。小说从“局外人”的角度审视古老的美洲文化，仿佛让读者一步回到了前哥伦布时代。阅读《消失的足迹》，读者必定唏嘘不已。

三、四面出击

二十世纪五十年代中叶以降，卡彭铁尔创作了一系列风格不同的历史性小说，每一部都可圈可点。它们包括中篇小说《追击》、短篇小说集《时间之战》、长篇小说《光明世纪》《巴洛克音乐会》《方法的根源》《春之祭》《竖琴与阴影》，以及非虚构《千柱之城》等。其中，《追击》写一个反英雄叛变革命后被人追击并死于非命的故事。小说采用了“音乐结构”，暗合《英雄交响曲》的四个乐章，其中既有呈示部、展开部、奏鸣曲、回旋曲、变奏曲等，也有E大调、C大调、C小调、降E大调快板、慢板、大慢板（哀乐）到急板等乐章的依次转换，是拉美结构现实主义小说的经典之作。

《时间之战》是一部短篇小说集，由主题和形式各不相同的篇什组成，其中既有令人拍案叫绝的倒读体（而非传统意义上的倒叙），也有意识流小说和相当先锋的叙事方法，集结了他不同时期的技巧探索。

《光明世纪》被不少人认为是卡彭铁尔的后期代表作，写法国大革命期间发生在加勒比地区的一段晦暗历史。小说的主人公是一名法国商人，叫维克托·于格。他和无数冒险家一样，到新大陆淘金，结果碰巧遭遇海地革命。他的生意惨遭毁灭性打击。他走投无路，逃回法国。适逢雅各宾派春风得意，他摇身一变，混迹其中，参与了断头台行动。经过这番镀金，他便自然而然地戴着光环“荣归”美洲。卡彭铁尔凭借对古巴和海地历史的精深了解，既细节毕露，又气势磅礴地展示了一个个令人心颤的历史场景。人物也一个个活灵活现、光彩夺目，彰显了作者巴洛克建筑师般的才艺，故而有“新巴洛克主义巨制”之美称。

《千柱之城》从不同形态的廊柱切入，以“纪实”的笔法书写哈瓦那城的缤纷多姿，是一部献给古城的礼赞，充分显示了卡彭铁尔的建筑学知识及其对造型艺术的审美情趣。它像一座用机巧、形状和结构缔造的巴洛克艺术馆，巍峨矗立于拉美文坛。

《巴洛克音乐会》围绕作曲家安东尼奥·卢奇奥·维瓦尔第的《蒙特祖玛》创作而成，演绎了新大陆被发现和征服的过程。原住民高贵好客；而侵略者如狼似虎、恩将仇报。这是一曲两个大陆、两种文明碰撞所发出的历史最强音，也是有史以来最具史学价值的美洲小说之一。

《方法的根源》则从遥远的历史回到了现实。作为拉美文坛最重要的反独裁小说之一，小说将时间定格在一九一三年至一九二七年，也就是作家的青少年时代。小说楔子部分采用了第一人称，由独裁者、主人公首席执政官叙述他在巴黎的生活、外交以及其他“重要活动”。不久，由于国内发生了武装叛乱，首席执政官被迫离开法国、折回美洲，作者便改用第三人称叙述独裁者如何打着寻求国泰民安的幌子，按照其“竞争的法则”（弱肉强食）、“方法的根源”（绝对权力），不择手段地镇压异己。小说被誉为拉美社会现实主义杰作。

《春之祭》以俄国音乐家斯特拉文斯基的同名作品为题，开篇描写十月革命后俄国流亡者的故事。但这仅仅是一个序曲，作品很快聚焦于古巴独裁者马查多专制时期古巴流亡者的事迹。于是，俄国流亡者和古巴流亡者在巴黎相逢，并且联袂组团演出。而这也仅仅是个开始，因为有关人物不仅参与了西班牙内战，并且由此开始了“万里长征”：潜回古巴参加革命。作品时空跨度大，人物心理描写更是出神入化。这正是卡彭铁尔晚年“溯源之旅”的必由之路。

最后，《竖琴与阴影》又回到了哥伦布：新大陆“一切故事”的开端。小说以典型的现代巴洛克语言将一个平庸的哥伦布、一个黯淡的历史影子，一点点勾描、一笔笔夸大，直至被历史和命运塑造成伟大的冒险家和发现者，以至于罗马教皇皮奥九世在其封圣问题上煞费苦心。其中的机巧和讥嘲充分展示了作者卓尔不群的语言造诣，故而该作被公认为是拉美文坛不可多得的语言宝库和心理现实主义典范。

总之，卡彭铁尔的每一部作品都是错彩镂金、精雕细刻的艺术珍品，开卷有益绝非套话。他因之于一九七七年摘得西班牙语文坛最高奖项——塞万提斯奖，成为第一位获得这一桂冠的拉美作家，同时多次成为诺贝尔文学奖短名单人选。倘使你有幸阅读他的作品，那么一切人设、荣誉皆可忽略不计，我的推介也纯属多余。

二〇二一年于北京国子监边

目录

I

1

《英雄交响曲》，纪念一位伟人，并献给尊贵的洛布科维茨亲王。路德维希·范·贝多芬，作品第53号，交响曲第Ⅲ号……[①]砰的一声门响，打碎了因读懂这段文字而滋生的孩子气的骄傲。红色窗帘的流苏拂过头顶，翻过几张书页又荡回原处。他从忘我的阅读中猛然惊醒，四周重新响起了喧哗声。方才的感觉令他想起了耳聋——关于那个听不见的作曲家[②]，还有不管用的耳号[③]。暴雨骤降，四散在宏伟台阶上的观众重新聚到前厅。大家笑嘻嘻地推搡着已在那里等候多时、正袒着肩膀互相喊话的人群。大雨滂沱。雨点倾泻在摇摇晃晃的凉棚

---

① 原文为意大利语。这一句是售票员正在读的罗曼·罗兰五卷本《贝多芬：伟大的创作时代》中的内容。需要指出的是，此书与中国读者熟悉的《贝多芬传》（罗曼·罗兰著）并不是同一本书。——本书注释均为译者注

② 指贝多芬。

③ 一种助听器。贝多芬耳聋后，曾经瞒着众人独自接受治疗，但效果不佳。

上，又从那里溅落到花岗岩的台阶下。第二次入场广播已经响起，观众们还是成群结队地待在外面，呼吸着潮湿的空气。凉风拂过大汗淋漓的脸庞，风里飘拂着绿油油的杨树味儿和湿漉漉的狗牙草味儿，其间还夹杂着泥土味儿和被久旱后的甘霖抚平了皱裂的树皮味儿。潮闷的傍晚过后，肉体都松弛下来，分享着公园藤蔓架上心旷神怡的草木香。黄杨灌木圈起来的花圃中，水汽在新犁的泥土上蒸腾。“这天气适合干那事儿。”有人一边小声嘀咕，一边盯着倚在售票亭栏杆上的女人看。女人用狐皮披风裹住玉体，刚解开私处一件碍事的内衣，动作干脆利落，从容不迫，显然不在乎身后的售票员看到没有，仿佛压根儿就没把他当男人。“活像栅栏里的猴子”，引座员们总拿这话嘲笑售票员。他跟别的售票员都不一样，明明十点钟就可以下班的——按照明文规定，应该是“演出结束前半小时”——却偏要等到全部音乐都演奏完了才离开。现在这售票员想羞辱一番穿狐皮的女人，告诉她自己什么都看见了。只见他拿出数钱的手艺，在售票亭狭小的大理石桌面上撒了一把硬币。女人露出侧脸，只瞥了一眼他停在硬币上的双手——除手之外哪儿都没看——便回头接着解内衣。这厚颜无耻的举动证明了，对于满大厅对着镜子欣赏自己发型和衣裳的女人来说，这个男人根本就不存在。酷暑难耐，女人们的脖颈和领口都被毛皮捂出了一层汗。为了减轻这重负，她们纷纷把毛皮从肩上褪下来，用胳膊肘搭着，就像狩猎装上厚重的花边。售票员的目光从可望而不可及的地方移开，越过层层肉体，落到雨中公园里废弃的立柱上，又落到公园外面那间屹立在门廊阴影后面的带望楼的老宅上。这所宅邸曾经掩映在苍松翠柏间，如今却与他的住处——一座丑陋的现代楼房——比邻而立。他住在女佣的房间里，天窗开在最远的烟囱下面，仿佛在涂满菱形、圆形和三角形抽象装饰的外墙上，又添加了一个新的几何体。至于那所老宅，虽然当初的材质已经在瓮罐雕饰和栏杆上斑驳脱落，倒还能勉强维系昔日尊贵的风范。那里一定有人在守灵，因为顶层的天台白天太亮，夜里又太黑，从来没人上去，可在今天第一阵雷声响起之前，竟一直能看到蜜蜂一样来来往往的身影。他抬起头来，温柔地仰望着那间被穷人祸害得不成样子的望楼，觉得它特别像老家村里那些昏暗的小黑屋。一旦有丧事，屋里就会点起守灵的蜡烛，烛影在脱落的墙皮和蒙着桌布的鸟笼间摇曳着，宛若神堂里奢华的明灯。镶金嵌银的枝形烛台闪闪发亮，衬得屋里的家具愈发寒酸。守灵是要讲排场的。滴雨的屋檐下摆放着白银和黄铜的器皿，服丧者衣冠齐楚，庄严肃穆。屋里烛火通明，有时把梁上悬着的蛛网和蛀虫腐蚀的褐色木屑都照得清清楚楚。（像他这样学乐器的人随后总要向邻居解释，练习演奏不算冒犯死者，学习“古典音乐”也不会影响对亲人的哀悼之情……）“在那段日子里，他向外人隐瞒了病情，孤零零地与自己的心魔共处：受伤的爱情，希望，还有痛苦。”虽然他委身在这里，坐着矮凳，靠着破旧的锦缎窗帘，蜷缩在这间只有一个抽屉宽的售票亭里，那只是为了理解什么是伟大，为了欣赏因为贫穷而被拒之门外、无法企及的东西。这个念头令他在女人柔软的后背面前找回了自信。她的狐皮从肩上滑下来，肩胛骨仿佛被拇指按住，背部直接倚在栏杆纤细的铁条上，距离他的手指只有咫尺之遥。“夏日里洋溢的勇气消失了”——他在遗书中写道——只剩下坟墓的寒冷和虚无的滋味。在海利根施塔特①偏远的小屋里，在那些没有光的日子里，贝多芬发出了死亡的哀号……他又埋头读起书来，不再理会那些珠翠华服，从镜子走向柱子，从台阶走向里拉琴和摇铃雕塑的听众们。乐队指挥把中场休息的时间拖得分外长，直到现在还在领着圆号手们排练谐谑曲中的三重奏②，在幕布后面掀起一阵阵的狩猎奏鸣曲。虽然“活像栅栏里的猴子”，可他

① 1802 年 10 月，贝多芬耳聋加剧，痛苦万分，在维也纳郊外的海利根施塔特小镇写下了给弟弟的遗书，遗书中流露出自杀的念头。但他最终还是战胜了自己，恢复了音乐创作，并在 1804 年完成了《英雄交响曲》。

② 这里的谐谑曲指《英雄交响曲》第三乐章，其中的圆号三重奏非常有特色。

至少知道，那个耳聋的音乐家曾经当着一位贵人的面，把他的半身像摔得粉碎，并义正词严地喊道："亲王[①]！你之所以是你，只是因为偶然的出身；但我之所以是我，是因为我这个人！"就算他选择值夜班，也是因为要去一个珠翠华服的听众们从来都不会去的地方。除了在售票亭的大理石桌前数钱的双手，这些人连看都懒得看他一眼。女人突然从栏杆上直起身，重新用狐皮裹住肩膀。人群中响起了最后的喧哗声，大家匆匆忙忙地朝大厅赶过去。灯光自上而下渐次熄灭，乐手们走上舞台，捧起安放在椅子上的乐器。长号手回归后排高位。低音管手坐在最中间。一声尖利的颤音响起，乐队开始调音。双簧管手像贪吃鬼那样含着簧片，拖沓地吹奏出牧歌般的延长音。所有入口都关闭了，只留下一扇虚掩的门，方便那些迟到的听众在指挥示意开演前踮着脚尖偷偷摸摸地溜进来。正在这时，一辆疾驰的救护车猛一个刹车，靠边停到了剧院门口。"买张票！"来人匆匆忙忙，"什么座都行。"他心急火燎地说着，从栅栏缝里扔进来一张钞票。售票员摸出钥匙，打算重新取出已经锁起来的票据，对方却不愿再等，一头扎进了已经熄灯的剧院里。但此时又冲过来两个人，连票都没过来买，眼看最后

① 指利赫诺夫斯基亲王，他曾是贝多芬最重要的资助人，后来二人决裂。贝多芬当着亲王的面打碎了他的半身像，并说出了这句名言。

一扇大门马上就要关了，就径直狂奔进去，消失在正在入座的人群里。“喂！”——栅栏后的售票员大喊着——“喂！”开场的掌声盖过了他的呼喊。一张崭新的钞票躺在他的眼前，是那个匆忙的观众丢下的。他的模样不像外国人，肯定是个铁杆音乐迷，要不然怎么肯花上比头等座贵五倍的价钱，只为欣赏音乐会剩下的最后一首交响曲呢。他的衣服虽然皱皱巴巴，但一看就是个靠脑子吃饭的人。大概是个知识分子，或者作曲家吧。然而那垂死的人突然听到了自己哀求的回音。在四周的丛林里，在十月的秋雨中，未来的《田园交响曲》还在沉睡，《英雄交响曲》的小号声已然吹响，回应着他的遗书……钞票很结实，干燥密实地折叠着，带着体温，好像要在他颤抖的手中膨胀起来。他的眼前架起了一座长桥，分开栅栏，穿过墙壁，一路延伸到正在等着他的那个女人家里——他想不出她除了等待还能干什么——装饰着挂盘的餐厅笼罩在阴影中，她手上握着一柄雕花檀香扇，从太阳穴摇到前胸，从胭窝摇到后颈，最后收拢到膝盖上，一招一式都带着独到的慵懒。中场休息时搔首弄姿的女人，围着深色狐皮的汗涔涔的皮肤，跃跃欲试地靠在铁栏杆上享受清凉的香肩，早已撩动了他的情欲。但是刚才那个匆忙入场的观众很可能会返回来，索要买票的找零钱。此人刚才往大理石台子上扔钱的样子活像个一掷千金的大佬，而手头这本打开的传记告诉他，绝不要信任亲王和大佬。他勉强地拉开了挡在眼前的锦缎窗帘（可是，为了听这首曲子，他做了那么多准备，等待了那么长时间，理应欢喜而不是勉强才对）。开场前的大厅里鸦雀无声，乐手们严阵以待的姿势仿佛定住了一样。《英雄交响曲》，纪念一位伟人。随着两声铿锵利落的和弦，大提琴在颤音中奏响了狩猎的号角。根据诺特伯姆[①]收集的笔记，这个开头包含了三个段落——书上是这么说的。可是售票员猛地合上了书，一个劲儿地抽着鼻子，在空旷的门厅里嗅探着被风吹进来的泥土、树叶和腐殖质的味道。这股味道让他想起了老家村子里下过雨的后院，鸭子兴高采烈地在接满了浑水的木桶里扑腾，都快把桶板撑破了。这股味道也让他想起了夏日骤雨后堆着杂物的屋棚。就在那里，他不知多少次地趴在一只坏掉的孵蛋炉上，透过缺了一块砖头的墙洞偷看村里的寡妇洗澡。老寡妇永远穿着丧服，看上去冷若冰霜，浑身的皮肤却是那么光滑。肥皂起先停在她的小腹上，紧接着慢慢地滑下去，带着泡沫滑过大腿，滑过膝盖，最后滑过突然重新显出老态的小腿。她给邻里的孩子们上课，经常粗暴地哑着嗓子骂骂咧咧，走来走去的脚踝瘦得皮包骨头。可是他知道她的秘密，

① 指19世纪德国音乐学者，贝多芬研究专家古斯塔夫·诺特伯姆。他收集了很多贝多芬的遗物，其中包括带有最初创作笔记的乐谱草稿。

知道她坚实的胸脯和弯曲的腰身依然吸引着男人的臂膀。他又想起了不久前她教他五线谱的时候，当时他一边数拍子，一边对她隐藏在重染成黑色的衣服下面的肉体想入非非。一想到这些，他对今天晚上更加心痒难耐，终于横下心来。坐在这里的任何一个人都不敢自夸比他更热爱交响乐。他刚学了几个星期，就已经读着手里的乐谱一张张地聆听那些质量依然很好的旧唱片了。台上的指挥是个崭露头角的新人，与灌制唱片的那位大师不可同日而语——大师早在学生时代，就与一位曾在《第九交响曲》首演时担任合唱的女演员结成了忘年交，老太太当时已经九十多岁了[①]——所以，自己完全有资格不听今天的演奏，这并不意味着不把天才的贝多芬放在心上。“是E调”——耳畔响起了微弱的长笛声和第一段小提琴合奏，他不禁脱口而出。雨点从沉重的铁艺灯柱上弹落，又飞溅到台阶上，他健步如飞地冲了下去。一想到手里的钞票是自己的了——今晚可以在那间没有钟表、不管怎么叫门都不开的屋子里度过整个春宵——他觉得就连身上散发着臭烘烘的体毛味儿的湿衣服闻起来都是那么的舒爽、私密、亲昵无间。明天早晨他会和她一起在金丝

① 此处暗指奥地利指挥家、作曲家菲利克斯·魏因加特纳，文中提到的这段轶事是他的亲身经历。他也是全世界第一个灌制了贝多芬全部九首交响曲的指挥家。

雀欢乐的鸣声中醒来，再去厨房最后打情骂俏一番；檀香扇扇着炉火，炉火上坐着早餐罐。香喷喷的饼干天刚亮就被投进了邮筒——饼干来自街对面那家向阳的面包店，被灿烂的阳光烘得热乎乎的。面包店的招牌上画着一个带着羽毛装饰的印第安姑娘。

2

……狂跳的脉搏像肘击一样撞裂身体；胃里像开了锅一样翻腾；悬在高处的心脏突然停下，用一根冰冷的钢针刺穿全身；无声的痛击发自心肺，直窜脑门，再从那里倾泻到太阳穴、胳膊和大腿。我的呼吸痉挛了；嘴巴不够用，鼻子也不够用；空气一小口一小口地吸进来，在体内膨胀、停留，直到窒息，之后又干巴巴地、一小口一小口地呼出去，只剩下这具紧绷的、折叠的、空荡荡的皮囊。紧接着骨头开始向上顶，吱呀作响，铆足了劲头向上顶，一下子顶出了天灵盖，好像吊在我的脑袋上。直到心脏冷冰冰地打了个滚，肋骨才落回去，重新贴到前胸下面；我压抑着干巴巴的啜泣；一边集中思绪一边呼吸；收腹向上挤压凝滞的空气，从嘴里呼出来，现在再收腹，慢一点：一，二，一，二，一，二……重锤般的脉搏又来了，先向两肋蔓延，又扩散到每一根血管，再锤向握着支撑身体的每个物件；地板随着我跳，靠背随着我跳，座椅随着我跳，每一跳都是一次无声的撞击。这撞击一定传染给了整排的听众。坐在我旁边的女人马上就会紧着身上的狐皮看向我。她旁边的男人也会看向我。全场人都会看向我。胸膛重新悬上半空，我鼓着两颊吐出了含在嘴里的那口气。气吐在前面那人的后脖颈上，他转过身来看向我，看我的冷汗沿发梢滚下；我太招摇了，大家肯定都会看向我。台上炸起一声惊雷，大家又都转身去听那惊雷。别看前面那人的脖颈：上面有粉刺印。可我偏偏就坐在这个位置上——成了整个池座里唯一与这不该看的东西离得最近的人。这也许是上天的征兆；我的眼睛朝上瞅瞅，朝下瞅瞅，想方设法别过视线，免得昏厥过去。咬紧牙关，攥紧拳头，安抚腹部——安抚腹部——竭力止住内脏的狂奔，止住肾脏的爆裂，冷汗一路流到胸前。一次次刺入，一次次冲撞。我收紧身体，抑制着五脏六腑的崩裂，抑制着呕吐、翻腾和痛击。身体蜷缩着，钻心地疼，火烧地疼。我的脑袋必须跟其他人的脑袋保持一线，所以活该就这么僵住，一动也不能动。我信全能的上帝，开天辟地的造物主；我信上帝唯一的儿子耶稣。由圣母玛利亚感灵而生，在本丟·彼拉多[1]手下受难，被钉上十字架受死，埋葬，降至地狱，三天后由死人中复

① 罗马帝国犹太行省执政官，据《圣经·新约》所述，其曾多次审问耶稣，并判处耶稣死刑。

活[①]……我再也撑不住了，浑身热一阵冷一阵地打着哆嗦。攥紧手腕，狂跳的脉搏如同被折断了脖子扔到厨房地板上的家禽。跷起一条腿，可是更难受了，大腿根仿佛落到了肚子里。一切都在下坠、颠覆、沸腾，一切都被卷进了肮脏的白沫，从两肋流下，贯穿左右臀部。肚子在咕咕作响，等到乐队的演奏弱下来，一定会引得别人转头看我。我信全能的上帝，开天辟地的造物主，我信，我信，我信。很快就会没事了。“我好多了，好多了，好多了”；据说只要不停地念叨，你就会信以为真……腹中的翻腾好像平缓了，渐渐抽离了身体，远远地在某个地方停下。大概这个姿势起作用了；保持住，抱着胳膊不要动；旁边的女人不耐烦地紧了紧身上的狐皮。她的钱包掉到了地上，众人都转过身，她却没有弯腰去捡；于是大家都以为我是那个发出声响的人；前排的人看我，后排的人也看我。他们一定看到了我蜡黄的脸色和深陷的面颊。几个小时里刚长出来的络腮胡子扎进了手掌。汗水又一次沿着发梢滴下，再慢慢地滚落脸颊，滚落鼻梁，最后打湿了双肩。他们一定觉得我是个怪人，我的衣服也不是在这么奢侈的场合下穿的。“出去”，他们会冲我吆

① 此段化用了《使徒信经》(简称《信经》)原文，在教堂弥撒礼中朗读。这段经文在后文中会多次出现。

喝，“你病了，身上臭烘烘的。”舞台上又是一阵轰响，大家又转头去听那轰响……我应该小心，不要动；竭尽全力不要动；不要引人注目，看在上帝的分上，不要引人注目。我身边都是人，他们的身体就是我的保护伞。我隐蔽在人群里，我的身体混迹在这么多人的身体里；我应该先躲藏在这些身体里，再慢慢从人流最多的那扇门偷偷摸摸溜出去；我要把节目单蒙在脸上，就好像一个近视眼正在读上面的字；要是身边再多几个女人就更好了；被包围着，被环绕着，被裹挟着……哦，那些撞击着五脏六腑的乐器啊！现在我总算舒服点儿了。敲锣的乐手每一下都敲在我的胸口上；上方的乐手正对着我，从黑孔里吹出来的声音分外地响。小提琴仿佛锯断了弦，吱吱呀呀地撕裂着我的神经；一切音响都越来越强、越来越强，伤害着我；两下重锤轰地在耳边敲响，要是再敲一声我就要叫出来了；可是一切都结束了；现在该鼓掌了……全场人一起转头看向我，把食指放到嘴唇上发出嘘声；只有我鼓掌了；只有我；全场人都在看我；无论包厢还是看台上的人都在看我。整个剧院仿佛翻倒在我的身上。“蠢货！”穿狐皮的女人也跟旁边的男人嘟囔了句“蠢货”；所有人都在一遍遍地说“蠢货，蠢货，蠢货”；所有人都在谈论我；所有人都冲我指指点点；他们的手指扎进了我的脖子和后背；我不知道这里是不能鼓掌的；他们会叫引座员："把那个人拖走；他病了，身上臭烘烘的，瞧他那一身的汗"……乐队又开始演奏了；这是一首严肃、悲伤、缓慢的曲子。可是我突然有了一种奇怪、突兀、无以名状的感觉，我竟然听过这首曲子。我不知道我是如何听到的；我从来都没听过这样的乐队演奏，也听不懂这样的音乐——就像那边那个闭着眼睛的人，还有那边几个十指紧扣的人——他们就好像陶醉在什么神圣的东西里似的。可是，千真万确，我几乎可以哼唱出正在演奏的这段调子，可以打出它时而停顿、时而一脚又一脚地向前、好像在慢慢走路的节拍，甚至可以听进去那段先被一段酸涩的曲调所主导，接着是笛声，最后是沉重的击打声，仿佛一切结束都是为了重新开始的旋律。"这段葬礼进行曲真美！"穿狐皮的女人对旁边的男人嘟囔着。我从没听过什么葬礼进行曲；既然是葬礼进行曲，那就不可能美，也不可能令人快乐。不过我大概确实听过某首葬礼进行曲，就在裁缝店旁边。那是一个黑人老兵下葬的时候，军乐队伴着大炮行进，大鼓跟在队伍后面……这些人穿得这么整齐，打扮得这么华丽，浑身珠光宝气，就是为了来听葬礼进行曲的？……不过现在我想起来了。是的，我想起来了，想起来了。我这几天一直都在听这首葬礼进行曲，只是我一直都不知道它叫葬礼进行曲。这段音乐天天都在我的耳畔奏响，笼罩着我的全身，做梦时不绝于耳，失眠时一刻不停，就这样窥视着我的恐惧。一天又一天，它如同恶鬼的影子在我头顶上盘旋，在我呼吸的空气里做法，在我瘫倒在墙脚下吐酸水的时候沉重地压在我身上。这不会是巧合；这曲子是从我隔壁的房间里传出来的，是上帝让它从那里传出来的。这段描写路上的葬礼，描写低沉的鼓点和蒙着黑纱的送葬者的音乐，就在离我一墙之隔的地方传了出来，这绝不是凡人可以做到的事情，而是上帝隐藏在它后面，就像火焰隐藏在没有点燃的木材后面；上帝啊，他拒绝宽恕我的罪恶，他无视我的祈祷，当我念念有词地背诵着从那本印着卡勒多拉巴十字架的书里学来的经文的时候，他却转身弃我而去。是他把我赶到大街上的，是他让那条狗在废墟里冲我叫的，是他把那只长满粉刺的可怕脖颈送到我面前的。我不该去看那脖颈。现在上帝又变成了雷霆震怒的乐器，逼迫我洗耳恭听。他在我面前化身为音乐，一如当年在摩西面前化身为燃烧的荆棘；一如我曾经隐约看到的，光芒四射、目眩神迷地显现于老太太举到眼前的炭火里。现在我明白了，上帝最喜欢凝视和摆布那些身陷囹圄、落入最幽深的圈套里的挑衅者。他会以自己无休止的意念把这些人拉出来，带到某个地方，并以一种没有词汇的语言为他们揭示出在末日里赎罪的意义。大厅里的每个人都拿到了自己的角色，此后的结局早已注定——“HOC ERAT IN

VOTIS"！[1]——就好像即将点燃的柴火上的灰烬……不要看那人的脖颈；不要看；集中精力看地板，看毯子上的污渍，看舞台上方的铃鼓装饰。我对你的祈求没有白费；你知道我在呼喊声中念着你；我依然相信你的仁慈，相信你无边的仁慈。我离你那么遥远，但我知道，很多时候只需要一秒钟的忏悔——只需要一秒钟唤出你的名字——就足以换来你的举手之劳，去平息狂风暴雨和群狗的吠声……葬礼进行曲突然结束了，刚好在我说我相信上帝的仁慈的时候结束了。就如同有人听到别人的祈祷和哀求后只简单地回了一个"好吧"，却远远胜过一切别的言语。安静。现在是平息和静止的时刻。指挥低着头，垂着胳膊，只为把转瞬即逝的时间拖得更久一点。我的血管不再狂跳，我的呼吸不再痛苦。这次我没有鼓掌……穿狐皮的女人嘴里嘟囔着"听听下面那首……怎么样"（她在说什么？），却连节目单都没看一眼。她说的那个词我没听清楚[2]。我现在明白了为什么这一排人都不看节目单了，也明白了他们为什么不在演奏的间隙里鼓掌了；因为他们要遵守秩序，就像做弥撒一定要先唱福音，再唱《信经》，最后唱圣餐歌一样；现在台上马上就会演奏

---

① 拉丁语，意为"这正是我想要的"。这句拉丁语在后文中会多次出现。

② 穿狐皮的女人说的这个词应该是"scherzo"，即紧接着第二乐章葬礼进行曲后的第三乐章谐谑曲。逃亡者因为对交响曲一窍不通，所以不认识这个词。

一首舞曲，再往后是一段欢呼雀跃的音乐，最后由一段长长的小号画上句号——就是我第一次领圣餐时教堂里管风琴上的天使吹着的小号。还剩下最后十五分钟，或者二十分钟了。到那时全场将掌声雷动，灯光亮起，满眼通明。

3

有人刚刚离开，屋子里还残存着温热的气息，床边上丢满了玉米纸卷的烟头。“等一下”，她一边说着一边换了床单，又拍拍枕头（金丝雀睡着了，笼子里散发着羽毛、草料和面包屑的味道。看门狗噘嘴打着盹，习惯成自然地不再叫唤。墙上的污渍宛若模模糊糊的地图。头顶的房梁是深红色的，照搬了乡下堂屋里仿桃花心木的样式。木桶被搬到院子里接雨，留作明天的洗头水。粉红色的肥皂散发着苯酚的味道）。此时他又一次愉快地闻到了进门时忽略的香水味儿，这总让他不由自主地联想起等待他的裸体。“条件反射”，他自言自语着，一如既往地感觉到，从敲门的那一刻起，自己的思想、感官和行动全都在遵从着千篇一律的顺序，上次来是这个顺序，下次来还是这个顺序。“今天”在没有日期的欲望里周而复始地轮回——昨天是这样，明天还是这样——他总是对着餐厅的挂盘说着同样的话，或者之前再夸几句那只睡在篮子里、脖子上系着铃铛的猫咪长得好看。两个人的对话总是以同样的方式开头：他说自己最近课业繁忙，所以好久没来；她说自己既没出门，也没恋爱。他说他在附近看到一盏灯，下次买来送她（也可能是一盒果仁糖或者一个绣花椅垫……），而她则笑起来，心下明白他就是说说而已。接下来她会在他的膝盖上坐几分钟，然后起身用手帕盖住仁爱圣母[①]像，再关上床头灯。通常在这段时间里，俩人一句话都不会说，可没想到今天竟出了意外："你差点儿就见不着我了。几天前有人来威胁我，要把我拖出这条街，关到女子监狱去。我可是个规矩人。"他伸出手热切地引诱她，爱抚她温热的腘窝。"今晚我不走了。"他在她耳边喁喁低语，希望她关门谢客。"我可不去女子监狱；我不想搬出这条街；家家户户都知道我是个规矩人。"看来事情严重到了令她恼火的地步。为了把她从自言自语中拉出来，他不耐烦地对着想象中那些威胁她的人耸了耸肩，以此证明这根本没什么大不了的。"这是宗教裁判所！他们现在就是活脱脱的宗教裁判所。"她原地转了个圈儿，又重新绕回了女子监狱、被赶走、宗教裁判所等话题上，仿佛除此之外再也想不起别的事情了。而她口中的威胁，就好像通往地狱之路上的一个个驻足点，每重复一次就严重一分。她也

① 古巴的守护圣母。

俨然成为了那个唯一被威胁、被迫害的人，成了一桩秘密事业的殉难者，并为自己在种种伟大的牺牲中所遭受的屈辱而深深感动着。“现在他们想知道我在跟谁找乐子。”她异样的表情令他蓦然想到了岩山环绕的老家村子里的房顶和门廊。那里的龙血树在风中沙沙作响，密不透风的树叶、邪恶恐怖的兰花、如刀似枪的草木潮乎乎地缠绵在一起，太阳天天出来也晒不干上面湿答答的露水——那里的母狼狗是几个世纪前出逃的家狗的后代，一入夜就在岩山上的墙垛上噘着嘴巴嗥叫，叫声里充满了对肉体的渴望和热情，令山下那些看家的公狗闻之抬头，又因不敢逃出后院而呻吟不止。母狗们久等公狗不来，怒火中烧，便成群结队地冲下山去，在村子附近聚集，把含着欲望的味道散播到微风里，把公狗们唤过来撕裂它们，穿透它们——直到天亮，才一瘸一拐地拖着被撕咬、被石头砸伤的身体逃回到下崽的洞穴。“它们是来找乐子的。”村里的小伙子们听到附近的狗吠声都这么说。黎明的晨曦中，饥渴的母狗在小路上气喘吁吁地嗥叫，乳头陷进尘土里：“它们是来找乐子的。”“而现在，”——她接过话来——“他们连我跟谁找乐子都要打听！”他不耐烦地吻住她，却没能触摸到那种与生俱来、与男性的坚硬血肉交融的柔软。“现在，”——她还在喋喋不休——“他们想知道那个家伙跑去哪儿了；是不是去集市上那家咖啡馆里喝蛋黄酒了。”他搂紧她的腰身，朝新整理的床铺上看去。“这是宗教裁判所。”——她继续念叨着，加重了语气，特别强调这个词，对她而言，“宗教裁判所”意味着审讯、牢狱、铁链和教规下的酷刑，其实是她自己把“宗教裁判所”误解成了某些对异教徒的迫害，而这些恐怖的事情大概都是从叫卖念珠和感恩节供品的小贩贴在修道院窗台和无人居住的荒屋上的祷文画片里看来的。画中插着刀的痛苦圣母①和割掉了乳房的圣欧拉莉亚②挂在像监狱一样的铁栏杆上，圣露西亚③把双眼挖出来捧在高脚杯里，圣罗莎④受着浑身硫黄味儿的恶狗威胁，而那位被叫作“孤独灵魂”⑤的女人则因为嫉妒而被拴住手腕，投入炼狱的熊熊烈火中。这些印刷画和版画浓墨重彩地描绘了被鞭笞、被吊打、被肢解、被猛兽吞吃的殉道女性，还有被架上烤架上的

---

① 痛苦圣母，又称七苦圣母。她的胸膛上插着七把剑，象征着耶稣之母一生中遭受的七种苦难。

② 罗马帝国时期的少女殉教徒，生于西班牙的梅里达城，在戴克里先皇帝对基督徒的迫害中被折磨致死。西班牙著名诗人加西亚·洛尔迦为她写过一首诗，诗中提到她被割掉了乳房。

③ 罗马帝国时期的少女殉教徒，生于西西里岛的叙拉古城，在戴克里先皇帝对基督徒的迫害中被挖去了双眼，以身殉道。

④ 天主教会在拉丁美洲命名的第一位圣女，16世纪末出生于秘鲁首都利马，以毕生苦修闻名。

⑤ 即“Ánima Sola”，拉丁美洲广为流传的一个在炼狱的烈火中被锁住手腕、饱受折磨的女性形象。

圣洛伦索[①]和被钉在十字架上的圣安得肋[②]。对于她这种一口一个“宗教裁判所”的人来说，这个带着恐怖和神秘意味的词语能够最大限度地把那些威胁者带给她的苦难升华到崇高的境界（这些警察肯定是来调查她的某位常客的）。一想到没有地方安置她的狗、她的金丝雀、那只粉嘟嘟的白猫，一想到她会被押往女子监狱，在通往港口的路上（那里堆积着搁浅船只的龙骨，被海水侵蚀得锈迹斑斑的铁器，还有小山一样的木炭）被人指指点点，她就觉得自己愈发贞洁、清白，简直要与那位每逢圣周都要闭门谢客、跑遍每一个耶稣受难路上的驻点施舍穷人、在圣坛上点蜡烛的女人合二为一了。“这是宗教裁判所。”——她一边絮絮叨叨，一边用闲下来的手抚摸着头发。“去买点儿喝的吧。”——他厌烦了她的哭诉，把手上还热乎乎的钞票递了过去。“再订点明天早餐吃的饼干。”——他加了一句，看着她把雨衣披在衬裙外面，却又转身回来。“这是张假钞。”——她边说边把钞票还给了他。“假的？”男人重复着，不知所措地检查着钞票，那上面墨黑的数字突然间失去了所有的魔力。“假的？”……他瑟缩在椅子上，摩挲着口袋里可怜的几枚硬币，

① 罗马殉教徒，在瓦勒良皇帝对基督徒的迫害中被活活烤死。

② 耶稣十二门徒之一，《圣经》和合本译作“安得烈”，曾到巴尔干半岛、黑海一带传道，后来被钉死在十字架上。

好像在等着她大发善心。那个匆匆而来的观众不知为何，一掷千金地把这张票子扔进售票厅的铁栏杆里，原来都是一场骗局。“我没钱了。”他的声音里充满了期待。“那就等下回吧，”她小声回答，冲门口做了个细微的手势，“我今晚累极了。”他勃然大怒，一把抓住眼前这个把自己重新扔向孤独和绝望的女人，在她的后颈、臂膀和肩头印下一个又一个吻。而她活像个木头人，他想吻，她就把嘴送上来，好让他能更听话地滚到大街上去。“别淋湿了。”她叮嘱道，外面雨下得很大。男人像疯子一样狂奔，躲到集市的屋檐下，看着火鸡从脏兮兮的笼子里探出掉了毛的脑袋。他情不自禁地闭上眼睛，呼吸着果园和农田的气息，还有夹杂其间的畜栏和鸡窝的味道。这一切都将他带回到故乡大峡谷的山山水水。河床上长满了灯芯草，可以玩“隐形人”的游戏。于是他一从家里的后门出来，就绕着遍布四周的水塘和泥潭走，真的像个隐形人一样，钻进无人的厨房，看黄昏后第一群蝙蝠在热锅上飞起；躲在围墙的阴影下，偷听犯了禁忌的悄悄话；溜进教堂的圣器室，一边听着老婆婆们在维也纳摇椅的吱呀声中，围在一起小声念《玫瑰经》，一边看着爬棕榈树的工人为那些跟教会毫无关系的圣徒[①]点燃蜡烛，又把

---

① 指当地原住民和黑人们供奉的、属于自己宗教而不是基督教的“圣徒”。

彩票压在铁质的刀子下面，刀柄活像一只珊瑚色鸡冠的公鸡。在更远的地方，铁匠哼着淫荡的小曲儿，他窝棚外面的大树桩是他童年时与青梅竹马的小姑娘秘密相爱的邮筒：红色的蚂蚁背着幼虫或者麦秆，在信封下面的木头上爬呀爬。在那个树洞里，他和小姑娘交换过铅笔抄写的情诗、一笔一画写下的誓言、一缕青丝，还有像理发店的招牌灯那样五彩缤纷的长长的糖果。他买糖的时候总是低着头，生怕卖糖小贩猜到真相，嘲笑他的真诚。但是小姑娘突然就长大了，每一次约会就像抽条似的高出一截。她的眼圈越来越黑，双腿越来越修长，在小孩子面前简直就是个巨人。有一天，她拒绝像以前一样藏在河床的洞穴里，用玫瑰色的松子做芦笛，一个一个地吹，从中挑出那个最好听的来。她慢慢远离了他的世界，这真让他抬不起头。和她在水塘边散步的时候，他驼着背，不想把脑袋伸到与田野平齐的水平线上。她的臀部越来越圆润，罩衫越来越紧绷，再也不会像以前那样假扮成母猪，任由他把鼻子拱到她的腋窝间，闻那里散发出来的汗味了。一天下午，有人拉着木轮车从火车站运来了一架翻修的钢琴。那个好像永远在服丧的寡妇教他在键盘上弹奏听来的《亚历杭德拉》圆舞曲。接下来是下午茶和朗诵会，女人们互相搂着腰在大街上散步，彼此的关系愈发亲密起来。也就是在那个时候，垂头丧气的他决定学习一样华丽的乐器，好加入圣周游行时走在队伍最前面的“终点”乐队。在这个乐队举办的露天音乐会上，短号或者单簧管的独奏演员总能赢得满堂喝彩，他们的名字被刻在乐谱架上，闻名遐迩……回忆着失去的纯真岁月，他对方才那个把自己撵出门去的女人的怒火烧到了顶点。他曾经觉得这种风尘女子是可以做朋友的，没想到她们全都是一路货色——姓垃圾，名婊子。淋了雨的火鸡和几内亚母鸡从笼子的铁丝网里探出秃鹰一般的脑袋。他闻着它们身上散发的恶臭，感到胳膊被手中的书本划得生疼，那精装的封皮锋利得如同对他的责骂。一只青香蕉被鞋跟踩烂了，在夜色里散发着明矾[①]水的味道。《英雄交响曲》，纪念一位伟人。先前的绝望化成了深重的耻辱。既然区区一个妓女就可以诱惑他放弃真理与崇高，那他必将一事无成，永远都别想挣脱女佣的屋子、擦镜子的抹布，还有用细绳绑住大拇指的破袜子。他打开书本，书页在霓虹灯下泛着蓝幽幽的光：紧接着这首奇妙的、带着旋风和武器的谐谑曲的是赞颂欢乐与自由的终曲。在这首欢庆与舞蹈的赞歌中，既有荡气回肠、欢声笑语的进行曲，也有蕴含着丰富回旋的变奏曲。而就在这其间，死神再一次出现了……时间还早，还可以听上一段。于是他拦了辆计程车返

① 明矾水经常被用作香蕉的保鲜剂。

回剧院，在红色的幕帘后面正传出终曲[①]最开始的旋律。已经没什么新观众了，看门人坐在高高的椅子上，正趴在售票厅的抽屉上打瞌睡。“还有很长么？”他没想到售票员竟然回来了，随口问道。“差不多还剩九分钟。”他回答道，之后又显摆地加了一句，“要是指挥得好，整首曲子不会超过四十六分钟。”他抬起眼眸，隔着雨帘再次望向远处那幢衰败、昏暗、带望楼的老宅。守灵的人们肯定又挤在那间点着大蜡烛的屋子里了。他想起楼里住着的那个老太太：两星期以来，他为了给自己找乐子，总是透过开在小床上方的天窗，看她拿着一只儿童用的绿色的喷壶浇灌着花花草草。迄今为止刚好两个星期——两星期前他生日那天，他用父亲汇来的一笔小小的款子为自己买了一张陈旧但音质依然不错的《英雄交响曲》的老唱片。而那个戴白帽的老太太在种着迷迭香和薄荷草的盆盆罐罐间佝偻着腰的形象，好像一下子铭刻在了他的心底。在他从小生长的那个岩礁环绕的村子里，也住着这样的黑人老太太。每当落日投下长长的影子，母狼狗在群山上号叫，呼唤着山下气喘吁吁、胆小如鼠的看家公狗前去“找乐子”的时候，这些老太太便丢下她们照看的秋海棠，念念有词地祷告起来。突然间，他脑子里闪

① 即第三乐章谐谑曲之后的第四乐章，也是《英雄交响曲》的最后一个乐章。

过一个念头：死者就是那个老太太。不，不会的：她们这些黑人老太太都长命百岁，有些人年轻时是套着脚链，被贩奴船运过来的，现在都还健在着呢。虽然老太太不认识自己，但等他发薪水了，一定要去看看她，给她带些旧式样的点心。卖点心的是安赫尔教堂旁边一个弹吉他的小贩，在他铺着花边纸的盘子里盛满了形形色色的脆皮糖、杏仁酥、奶油卷、蛋白糕和蛋黄饼，上面还点缀着鲜红、碧绿和奶白色的糖块，糖块里夹着薄荷味、石榴味和苦艾味的糖浆馅儿。今天晚上他必须确认老太太还活着，这件事情就像洁净礼[①]那般郑重。他为了聆听今天这场音乐会，在两个星期前就买来了《英雄交响曲》的唱片。此举对于他的意义，无异于当年巴赫徒步走到吕贝克聆听布克斯特胡德[②]的演奏。然而就在这伟大的夜晚降临之际，他竟因为贪图一个妓女炙热的身子而放弃了心中崇高的念头。他今晚必须确认老太太还活着，必须确认。等到终曲一结束，他就拔腿朝着望楼奔去。他一定要得到准信——楼上悼念的死者不是那个老太太。

---

① 基督教的礼仪，上帝规定凡是身体沾染了不洁净的人都要行洁净礼，以除去身体的污秽。此礼在摩西律中分为四种：洁净尸体；洁净漏症所遗的污秽；洁净生产后的妇女；洁净生癞疮者。

② 1705 年，20 岁的巴赫徒步将近 400 公里，来到吕贝克聆听风琴大师迪特里克·布克斯特胡德的演奏。

II

这些事早已藏在你心中，我知道你久有此意……

——《圣经·约伯传》10: 13[①]

① 本书中涉及《圣经》的文字，均以天主教思高本为标准翻译，因故事发生地古巴哈瓦那信奉天主教。

1

老太太蜷着身子睡在狭小的铁床上，床上装点着棕枝主日[①]的棕榈叶。她朝墙壁翻了个身，那么卑微，那么逆来顺受，活像一只受苦的动物。避难者一直守在她身边，却没法叫医生——至少是她在夜里抽泣喘息着呼唤的那位早已去世的医生。熬过漫漫长夜，真正的禁闭开始了。从白天到黑夜，避难者一直足不出户地躲在里间，留意着螺旋楼梯的动静。每当上楼的脚步渐渐响起，厚实的木头就会发出一阵回声。这里可以读到老太太向楼下裁缝借来的报纸；可以吃到被小贩打折甩卖的快变质的水果，甚至还能用口袋里剩下的最后几枚硬币，差人买到成杯的咖啡和烧酒——虽然他的腰带里藏着张折起来的大票子，但只有在接到行动通知时才能花出去。可没想到老太太的

---

① 棕枝主日是复活节前的最后一个礼拜日，标志着圣周的开始。因耶稣最后一次进耶路撒冷城时，信徒们将棕榈枝砍下来铺在路上欢迎他而得名。

侄女又请来了一位年轻的大夫，匆忙潦草地开了张药方（他爬了这么多楼梯，诊费却少得可怜），打那时起直到现在，家里人几乎就不再上楼送饭了。他所说的“饭”，是那种能用牙咬、用勺子搅、切得棱角分明的固体食物，是那种能让一个饥肠辘辘又胃口初开的饿汉，带着愈来愈难忍的饥饿感，大口咀嚼的东西。而老太太的侄女送来的，只是一瓶牛奶或者一罐用报纸裹着的肉汤。她说不准什么时候就会爬上楼，因此避难者必须猫在望楼里，从外面反锁住通往天台的门。老太太的卧室方方正正，地砖被太阳烤得滚烫。为了驱散病人身上散发的味道，很多前来探病的人都曾试图推开那扇门。有个男人每次推门都要嘟囔一句“连她自己都不知道把钥匙放哪儿了”。此时此刻，避难者正躲在门的另一边，用几根木棍撑在地板上，死死地顶住门板。他困在隔间温热斑驳的四壁中，已经两天没吃一点东西了，来来回回地在那只既没有钟摆、又没有指针的威斯敏斯特大钟和那只挂着生锈铁锁的行李箱之间踱来踱去。箱子外面醒目地贴着一张纸，上面是他用剃须刷蘸着中国墨水写下的两个粗体大字“速递”。他总害怕有人听到床框的吱呀声，时时刻刻把手枪放在触手可及的地方，在地上一躺就是几个小时。在这间没落贵族留下的破烂不堪的望楼上，天台上的石头围墙过于矮小，投不下什么阴影，墙砖被晒得滚烫，只有磨损得像墓碑一样的浅灰色大理石地面还残留着一丝遥远的清凉。至少当下这个晚上不像他刚来那几天那么恐怖了。在那些个绵长、无尽、焦灼的夜里，他脸朝下地趴在敞开的窗户下，在自己的梦里清醒，在困到闭眼时把自己叫起来，因为梦境和死亡总是在他的恐惧里合为一体。他睁大眼睛去留心现实中的一颗星星和灯塔明灭的闪光，随即又被门后某只虫子的动静搅得心烦意乱。床垫的金属丝砰地断了，吓得他心惊肉跳。蟋蟀在箱子里唱歌；风从陆地上吹来，漫卷起落在天台角落里的油烟；那几夜，所有寂静、怪异、出人意料的声响，在他听来都是为了赎罪而永远要遭受的煎熬。然而等到黎明之前，灯塔不再闪烁，某些类似于“宽恕”的情感便油然而生。当大海在第一缕晨曦中呈现出苍白的颜色，他便耷拉下眼皮，不再勉强自己撑下去。虽然还是免不了提心吊胆，但这种感觉变得遥远甚至惬意，只要不醒过来，什么事情都能解决，也不必害怕身体的疼痛。他是一点儿也耐不住疼的，别说真的被扎伤了，哪怕仅仅是感觉到自己被扎伤了，他都耐不住。就是为了身体免遭酷刑，他才委身于当下悲惨的境地，等待着最后的发落。从刚来那几天开始，他就渐渐养成了天亮才睡觉的习惯。在这座沦为大杂院的殖民地豪宅旁边，矗立着一座现代高楼，顶层的露台上经常有成群的洗衣女和肆无忌惮的小孩子（他们是最可怕的）来来往往。

为了不被这些人看到，白天他只能躲在望楼里面。那座现代建筑没开窗户的墙壁上，用红色、绿色和黑色的颜料涂抹出毫无意义的图案，让人联想到铁路上的路标圆盘和各种信号——尽管在他念的那所大学里，有些被他们小团体里的同伴们看不起的书呆子可能会宣称，这种风格大胆的巨幅象形图案代表着一种全新的装饰理念。夜幕降临了，老太太和楼下的裁缝一起念完《玫瑰经》，煞有介事地打着哈欠告别，大家都知道，她马上就要歇息了。这时他就会溜到门口，放下顶在门上的木棍，钻进里间，老太太已经为他准备好了浓稠厚实的饭菜和每天发行的晨报。他贪婪地读着报，企图找到某些关乎自己命运的新消息。报纸上最有趣的那一页经常被楼下的裁缝剪成垫肩和袖子的形状，好为缝纫学校的姑娘们做纸样。她所说的“学校”，其实只是一间摆着塑料模特和带别针的红色天鹅绒片的屋子，她就在那里教姑娘们如何缝制式样简单的罩衫和裙子。但是纸样上还剩下的那些讲述外面生活的文字依然在强烈地吸引着他。他全神贯注，一遍又一遍地读着那些铅字——比如描写旅行者的字字句句——哪怕是现在，老太太已经睡下，影院门口的灯都熄了，街道上空寂无人，一个婴儿久久地哭个没完，可见旁边的大人们睡得有多沉。门灯装在天台下面，不会投下影子，所以他会利用这点时间沿着天台走几圈，远远地眺望着那些栽着槟榔和萎蔫的花草的院落。在一间旧车库的拱门下，突然燃起一簇火柴的微光，照亮了某个在胸前扇扇子的女人，或者某个气喘吁吁却还在吞云吐雾地抽着阿拉伯纸烟的老头。更远处的皮革厂后院里，收藏着一辆布满了灰尘、挂着油灯的破马车，半成品的生皮就像屠宰场的下水一样挂在橡胶车轮上，等待晒干制成鞣革。再远处是一家做请柬的小印刷厂，从那里飘过来一阵油墨的味道。稍近处是穷人家的厨房，今天的砂锅还泡在油腻腻的水中，散发着阵阵剩饭的馊味。另一边是有钱人的厨房，两个磨洋工的女佣正在把擦干了的刀叉一把又一把地摆到桌子上，嘴里不住地哼着一首不为人知的歌。她们只是一遍遍地唱开头，永远都唱不到结尾。在望楼的庇护下，避难者可以偷出片刻时光，朝大街探出身子，俯视着这个楼宇重重的世界，无需惧怕现代高楼上的那座可怕的露台。街上的建筑五花八门，把加利福尼亚式、哥特式、摩尔式等流派混成一体。有的像微缩版的巴特农神庙，有的像装点着小灯泡、安着百叶窗的希腊神庙。文艺复兴风格的别墅矗立在海芋和三角梅的丛林里，病恹恹的柱子扛着顶盘。大街，小巷，门廊，路旁，全都是明亮如白昼的柱子，没有任何一个城市能拥有这么铺天盖地的柱子。它们在秩序中无秩序地泛滥：多立安柱不合时宜地立在正墙的轴心上；半个街区外的洗衣店里，塌鼻子的女像柱顶着木质的过梁，庄严肃穆的科林斯柱带着螺旋和莨芳叶的柱头，华丽丽地杵在挂满了湿衣服的晾晒间。有些柱顶被日晒侵蚀得瘢痕累累，活像开裂的脓疮；有些柱身的凹槽涂了油漆，留下一个个脓肿似的鼓包。明明是高处专用的装饰图案却常常出现在低处——穹顶下的花形饰被雕在了栏杆上；檐口上的齿状饰被挪到了伸手就能够得到的地方。倒是那些神似底座或者柱墩的罗马瓶和骨灰瓮装饰，作为齿状饰的替代品，挺立在被一大团缠着绿植、乱成鸟窝的电话线所掩盖的檐口上。本该出现在檐壁上的排挡间饰成了阳台的点缀，成米售卖的铸铁腰线刻着斯芬克斯拷问俄狄浦斯的图案，连接着尖顶穹拱和牛眼窗，并排重复四次。他在一道又一道的门廊间停住目光，感受着那些最后遗留下来的经典柱式在这个时代里垂死的挣扎。有一些门廊在现代化的狂潮中被拆除了，缺了顶盘的立柱丧失了支撑物的功用，渐渐没入墙壁，直至完全砌入其中，被水泥封得严严实实。所有这些都与他在大学里学过的那点鸡毛蒜皮没有任何关系——对他而言，校园时光已经尘封在了那只挂着生锈铁锁的行李箱里。

2

速递：来自圣斯皮里图斯[①]。他华丽地写下这行大字，一把扔掉了蘸着中国墨水的破剃须刷。避难者回望着当年的自己：在这个人生的关键时刻，他必须把东西都装进眼前的旧箱子里。很多年前，爷爷就是提着这只箱子移民到了这个岛上。亲朋好友们马上就要送他去车站了，可那个早晨的他觉得，这些人并不在他身边。他们的声音从远处传来，从被他抛弃的昨天传来，而他早已脱离了身边的一切，置身于隐约可见的未来。为了更好地享受这种难以言喻的快乐，他对旁人的忠告置若罔闻。旅程的尽头是首都，那里有一座完全由白色大理石雕成的印第安女神哈瓦那的喷泉，和用图钉钉在墙上的杂志照片里的一模一样。这座喷泉的传说令人想起曾在它的影子下做梦的那个名叫埃雷迪亚[②]的诗人，虽然出生在一个像这里一样愚昧的

① 指圣斯皮里图斯市，圣斯皮里图斯省的省会，位于古巴中部。

② 指古巴诗人何塞·玛丽亚·埃雷迪亚（1803—1839）。

小地方，但他依然跻身于法兰西院士的行列；一到哈瓦那，他便会走遍大学、体育场和剧院，没有任何东西可以约束他的行动。他会是自由的，甚至很快就有了情人。在外省找情人难于上青天，但在没有栅栏窗和花格窗也没有包打听的大妈大婶的首都，却再容易不过了。怀着这个心思，他分外小心地叠好父亲按照最新式样为他裁剪的新西装，打算在报到时第一次穿上身去，还要打上领带，别上上流社会的手帕，再去咖啡馆点一杯马提尼——终于可以尝尝这种杯中放橄榄的勾兑酒是什么滋味了。喝完了酒，他就去会一会那个名叫埃丝特蕾娅[①]的女人，"奖学金"在最近的来信中对她赞不绝口。但与此同时，父亲却警告他，不要跟"奖学金"走得太近，这小子整天过着放荡不羁的生活，流连于一场场"只能在心中留下灰烬"的派对，把市政府的奖学金花得精光。说话声从远处传来，因为在火车站里，所以愈发显得远。一列火车刚刚到站，车上满载着嗷嗷乱叫的家畜，站台上到处都是扯着嗓子喊话的农民。父亲在最后一刻买了几块蜂巢蜜，要他送给那个请他住到家里的老太太——她有一间连着天台的望楼，独立又舒适，正好适合他这样的大学生——钟形车头的快车进站了，告别的人群一阵骚

① 埃丝特蕾娅在西班牙语中是"星星"的意思。她也是本文中唯一有名字的人物。

动……他来到望楼时已是深夜，手里就拎着现在正在盯着的手提箱。叫他来的老太太是他儿时的奶妈，几年前跟着一家有钱人来到首都，那户人家正是这座已经沦落为大杂院的老宅的主人。一见面他就知道，这个不由分说地把自己当成亲儿子管的黑人老太太，将成为他前方自由之路上的绊脚石。她盯着他出门，盯着他回家，不厌其烦地抱怨——劝他至少别把女人带到望楼来，正因如此，他刚刚开学就换了个住处。可是现在，在将老太太抛入脑后几个月之后——刚才是她在呻吟，还是楼下裁缝家的孩子在啼哭？——在离开那么久之后，他重新在这里找到了最安稳的也是唯一的庇护所。他搬家时把那只土气的箱子留在屋里，对里面锁着的东西已经毫无兴趣。但是今天，当他掀起箱盖的时候，他重新发现了被自己弃之如敝屣的大学时光。那里面装着父亲送给他的圆规套盒，有计算尺、直线笔和三角尺，空空如也的中国墨盒依然散发着樟脑的余香。他还翻到了维尼奥拉的《五种柱式规范》和一本学生练习册，曾经的那个青葱少年在册子里贴满了帕埃斯图姆①神庙和伯鲁涅列斯基②穹顶的照片，以及“流水别墅”③和乌斯马尔④神庙的远景

---

① 意大利古城，城中有很多希腊遗迹，最著名的是三座神庙。

② 意大利文艺复兴时期的建筑师，佛罗伦萨主教堂穹顶的设计者。

③ 世界著名建筑，位于美国宾夕法尼亚州熊跑溪畔的山谷中。

④ 墨西哥尤卡坦半岛的古城，城中有很多玛雅文明遗址。

照。他最初几张柱头和柱脚的钢笔画是在透明纸上描出来的，现在已经招来了成群的昆虫，被咬得千疮百孔，一拿起来就碎了。箱子里还放着几本关于建筑史和解析几何的书籍。最底层的中学毕业证上覆着一张党证。他用手指掂量着那张卡纸，这是最后一道避免他误入歧途的屏障。然而当时他的身旁围绕着太多摩拳擦掌、渴望大干一场的激进派。他们对他说，当这一代人中最优秀的青年在警察镇压的枪口下喋血的时候，无论参加基层会议、阅读马克思主义小册子，还是对万里之外集体农庄里那些微笑的拖拉机手和巨乳奶牛的照片赞不绝口，都纯属浪费时间。所以一天早晨，他被拉进了抗议的人流，大家高声叫喊着冲下大学门前宏伟的石阶，没走出多远便遭遇了冲突。骚乱和恐慌，掠过脸庞的石块和砖瓦，倒在地上惨遭践踏的女子，头破血流的脑袋，钻进血肉的子弹。站在被压迫者的立场上看，他觉得生活在这个时代里的人们的确需要果敢地行动起来，而不是对残酷的现实熟视无睹，谨小慎微地过日子。于是他加入了那个激进派组织，从此投入了一场危险的豪赌，并在几天前为了寻找最后的庇护所，重新回到了望楼。此时他已是被追捕的罪人，必须找个地方藏身。现在他呼吸着残破纸张的味道、干墨水的味道，在这只唯有自己知道答案的谜一样的箱子里，找到了犯罪前的天堂。有些时候，在一种不明所以的清明境界下，他会意识到正是因为这禁闭，自己才能一连几个小时地坐在这里自言自语，事无巨细地回忆往事的点点滴滴，这不失为一种对悲惨现实的安慰。那是一道确凿的裂纹，一条地狱般的道路。然而当他想到路上发生的坎坷波折，当他承认这条路上几乎所有的事情都令人厌恶，当他发誓永远不会再干那件迫使自己目不转睛地盯着那只长满了粉刺的脖颈的事情——那个人的脖颈比他在枪响的一霎惨叫的面孔更令他念念不忘，他就觉得自己兴许还有机会，忘掉这些浪荡的日子，在另一个地方开始新的生活。那些在圣桌前领取圣体和圣血①的受刑的人，有罪的人，忏悔的人，他们的祈祷就像在呻吟。在老太太送他的那本给孩子看的基督教小书的封面上印着一个卡勒多拉巴十字架，在这十字架下的《忏悔文》《圣母连祷文》《善人祝祷文》中都可以听到这凄怆的呻吟。那些卑贱的人、沮丧的人，没有脸面直接与死后三天降入地狱的耶稣对话，只能抽泣着去哀求他在尘世的代理人。再说了，所有这些罪责都不是他的错，都是时代的问题，是意外，是英雄的妄想。一天下午，在学校的某座大楼外面，他这个为父亲缝制的蹩脚西装而自惭形秽的外省大学生，在堂皇的吹捧中成为了组织的一员。大楼带立柱

① 这里指弥撒仪式中，信徒在祭坛（圣桌）前分食被认为是耶稣圣体的无酵面饼和耶稣圣血的葡萄酒。

的正墙上用青铜浮雕铭刻着显赫的姓氏，下面用高贵的埃塞维里奥体写着“HOC ERAT IN VOTIS”……现在他又把目光投向了音乐厅，那里柱头上的螺旋花式宛如漫画一般，对他曾经感兴趣的那些下里巴人的柱子极尽嘲讽，虽然当年的初衷在今天看来是如此的无聊。从那些柱子中可以清晰地看到这座城市加诸柱式的枷锁，它们在炎热中老去，柱头的环带上挂满了洗染店、理发店和冷饮店的招牌，活像满身的脓疮。在它们投下的阴影里，挤满了卖馅饼、冰激凌和酸角汁的小摊子，嗞嗞啦啦炸东西的声音不绝于耳。“我得为此写点儿什么。”他暗暗地对自己说，却因为身上崇高的责任不容拖延，从来没动过笔。现在他渐渐地逃离了几个月来天天买醉的日子，以及因为贪图冒险和挑战而闯下的种种祸事，总算在隧道的尽头看到了第一线光明。他也不知道自己该去哪里，因为“大人物”会在最方便的时候，为他安排一条最畅行无阻的出路。他永远都不可能完成刚开始一个学期便放弃的建筑学业了，但也做好了准备，干最累的活，拿最少的钱，面朝黄土背朝天，脸上、床上、碗里都油腻不堪，这都是为了赎罪而必须经历的过程。“我信全能的上帝，开天辟地的造物主；我信上帝唯一的儿子耶稣。由圣母玛利亚感灵而生。”直到现在，他还只能背过《信经》的开头几句话，只好拿起草褥上的那本印着卡勒多拉巴十字架的小书翻起来。就在此时他突然发现，饥饿的感觉消失了。他想吃鱼，就拼命想象鱼有多恶心，它们瞪着扁平的、玻璃一样的眼珠子，鱼眼根本不像眼，倒像是钉在腥臭鳞片上的图钉；他想吃肉，就把肉想象成可恶的、无形的、漂着血水的一团浑浊；他想吃水果，就想着水果吃起来有多酸多冷；他想吃面包，就想着面包会结块，会开裂，还会掉落碎屑。于是他就什么也不想吃了。他把自己空空如也的肚肠奉献给上帝，这是洗清污点的第一步。他得到了轻松、补偿和理解，好像醍醐灌顶般地与物质、事物，以及身边永恒的现实建立了亲密的联系。他理解了黑夜，理解了星辰，也理解了在灯塔的照耀下奔涌而来的大海（每当那旋转的闪光直刺进眼帘，他就隐隐地感到心慌意乱）。但他并不是通过语言或者形象，而是通过整个身体和每一个毛孔来理解这一切的。他的全副身心突然与真理融为一体。他脸朝下地趴在依然散发着白日热气的陶砖上，无比清醒地在望楼的阴影里抽泣起来。

3

第四天下午他才醒来，满嘴都是土腥味。汗珠慢吞吞地渗出每一个毛孔，愈来愈大，在他的黑眼圈上、后脖颈上和前额上汇聚，告诉他自己现在脸色蜡黄、瘦骨伶仃，从里到外都肮脏不堪。还好这里没有镜子照，镜子里的形象想必更加糟糕。太阳穴疼得活像碎石乱滚，他从草褥上直起身子，想缓解这疼痛。更糟糕的是，胸腹疼痛导致的心悸刺激得阴茎也疼了起来。他用手证实了这疼痛，随即坐在箱子上，惊诧于自己的身体在挨饿的状态下竟然还潜藏着这么多能量。他躲在那扇被木棍撑住的门后面，隐约听到老太太的侄女在餐厅那一头跟楼下的裁缝聊天。老太太的病一定是好转了。以前她也这样病过几回，每回喝的都是同样的汤药。但这次她病得更久了。看来他必须认真考虑吃饭问题。近几日因为饿肚子而欢喜的清明状态，必须让位于食欲。不能再指望从老太太那里讨到吃的，他必须得想点别的法子。在某幢房子、某个房间里应该会有吃的，但不是人们通常在火上烹调的那种吃的。从童年起他就许多次好奇过柏树汤、树叶汤和狗牙草沙拉会是什么味道。草食动物吃的东西可能人也能吃。再说了，谁还没有高高兴兴地啃过细茎针茅柔软的茎秆呢？他环顾四周：木头、泥土、黑灰。古代围城的时候，城里的人就把皮革泡软了吃。他们啃马鞍，煮笼头、腰带，还有软皮凉鞋。同样地，在进了水的矿井里，人们发现树干的外皮过了好几天都还是新鲜的……为了不让自己的影子被投射到天台上，避难者一路爬行，一直爬到可以看到皮革厂后院的地方。在马车轮子上晒了那么多天的生皮革已经被人收走了。想到自己曾沉迷于盯着这些可望不可及的牛皮看，就好像会从那远远传来的兽皮和腌肉的味道里获得安慰一样，他突然感到一阵荒唐。木头、泥土、黑灰。"邪恶的西班牙将军把成群的农民赶进城里，"——黑人老太太曾经对他讲过——"大家拼命喝水，喝得全身浮肿。"他拧开水龙头，把水捧在手心，大口大口地咽下去，只为填饱肚子。可这来自被骄阳烧红了的水管里的温水，一下肚就变得沉重、冰凉、松软，如同被打湿的锯末。他感到一阵剧烈的痉挛，只觉得浑身炸裂，攥着拳头倒地不起，把刚下肚的水吐了个干净，只剩下空空如也的肠胃还在一个劲儿地抽搐，每抽搐一次，后脖颈就遭受一次无声的撞击，迫使他弓起身子，活像一条吃了毒药、口吐白沫的狗。他浑身一点力气也没有了，像挨了鞭子一样地瘫倒在墙下，满脑子全都是对食物的渴望。此时此刻，他唯一想到的事情就是吃饭，而这已经变成了一种近乎抽象的指令。他已经不像第一天饿肚子的时候那样幻想自己喜欢的食物，也不会带着童年的怀念，在脑海中描绘着家里那间饭香扑鼻的大厨房——那里有刚出锅的炸鱼、油光碧莹的豌豆、点缀着藏红花的米饭，还有脆生生的千层饼——这些遥不可及的美味馋得他口水直流。可如今在他眼里，食物已经没有差别了。只要能填饱肚子，吃什么都行，吃什么都一样，只要是吃的就来者不拒。他就像刚出生就被丢弃在教堂钟楼脚下的饥肠辘辘的婴儿，在石阶上哀号着寻找母亲……他听到有人在说话，是楼下的裁缝在螺旋楼梯上叫老太太的侄女去她那里试衣服。他不耐烦地等着她踩在木头台阶上的脚步声渐渐远去，交谈声定格在为了乘凉而搬到院子里的缝纫机上。他拉开门闩，撤掉顶着门的木棍，推开了那扇四天来一直把自己和屋里其他地方隔开的门。老太太睡在装饰着棕枝主日橄榄枝的小床上，轻轻地喘息呻吟着。她旁边的椅子上放着一只汤盘，盘里盛着煮好的燕麦粥。看到餐具只有一只甜点小勺，他直接把颤颤巍巍的手指插进了带着焦糖裂纹的粥里，紧接着又伸出因为偷吃而被吓得愈发急不可耐的舌头，像猪一样哼哼唧唧地把盘子舔了个底朝天，继而又跪在垫着针茅的椅子上，把洒下的粥也舔得一滴不剩。最后他直起膝盖站了起来，又把手伸进桂格麦片盒，用指甲抓着里面的生麦片往嘴里塞。随后他关上了门。天已黄昏，落日把音乐厅染成了金红色，一艘运砂船在暮色中慢慢地从望楼前驶过，仿佛行驶在落日之上。公园的藤蔓架下，几条公狗热情地追逐着一条棕白相间的小母狗，小母狗也向发情的公狗们汪汪直叫。旁边那幢现代高楼的顶层响起了一首乐曲：已经放了好多遍了，总是同一首。那支旋律开始是激越的，后来便转为了悲伤、迟缓和单调。他睡意蒙眬地躺在地板上，刚才吃得太饱，肚子又疼又胀，咕噜咕噜地响。起先的幸福滋味渐渐变成了恶心。他时不时地把低沉的音乐和请柬印刷厂低沉的机器声响混在一起。门后面的老太太开始愤怒地呼唤她的侄女，看来已经慢慢好起来了。“姑姑，您不能吃这么多，”——棕褐色皮肤的女人穿着新衣服回来，看到桂格麦片纸盒里几乎什么都没剩下，冲老太太嚷道——“您不能吃那么多。”那个当兵的正在门口等她，她又噔噔噔地踩着螺旋楼梯，急匆匆地跑下去了。

4

最大的奇事就是上帝。就在老太太病倒的前一天，上帝在她点烟的时候现身了。她把炉子里的炭火夹到眼前——他小时候曾在厨房里多次看到过的这个动作，眼下却包含着数不胜数的暗示。老太太把木炭夹起来的那只手，从很远的地方引来了一束火光。这火光存在于被它吞噬或改变的物质之前，这些物质如果没被点燃，那就仅仅是火的一种潜在的形式。但如果眼前的光便是它自身的终点，那就必须有一束先前的火来点燃它。而这束火又源于其他更加先前的火，层层追溯上去，所有的火都源于初始的那一束。所以必然有一个源头，一个起点，一束源火，跨越数不清的世纪，照亮人们的脸庞，而这束源火又不可能自己点燃自己……他觉得自己在这一切中窥到了一种相似的延续，一种不可避免的从其他物质里汲取能量的过程；但是这一切事情追溯到底，必定会有一个尽头。追溯的线索必须强制停在那只作为最初推动力的手上，它是万物之源，天生就被赋予了最高能力，静止在永恒之中。现在他觉得父亲坚持的无神论简直荒唐，面对着一个阐释了这么多道理的形象，他一个劲儿地好奇为什么没有人在自己之前想到通过一块木炭点燃的火光来证明上帝的存在。昨天，对面那座现代大楼上有孩子在唱："叮零零，叮零零 / 明天就是礼拜天 / 小母猫，要出嫁 / 嫁到秃头鹦鹉家。"教堂也在召唤大家去做弥撒[①]，于是他翻开了那本黑色封皮上印着烫金的卡勒多拉巴十字架的小书。他自小生长在一个信奉共济会和达尔文主义的裁缝家庭，对宗教不屑一顾，然而此时此刻在他眼中，这柄十字架正源源不断地散发着璀璨夺目的光芒。书里的每一页都向他展示着弥撒祭礼无可置疑的瑰丽，邀他满怀着激情，参透神秘，开窍入门，共享人类的秘密。他从来都不知道，司空见惯的台布象征着耶稣的裹尸布，而教士身上的祭袍、腰绳和领带代表人类目睹的那场最重要的行刑的三个时刻。他从紫色的祭袍联想到彼拉多官邸[②]的立柱，由此又联想到耶稣殉道的加略山，他聚精会神地凝望着圣杯的边沿，在凝望中参悟着其中的奥义。这座镶嵌着珍宝的坟墓永远敞开着，宛如世间最精彩的戏剧的玄妙变调，

---

① 避难者没有日历，只能通过童谣和教堂的信息判断，今天是礼拜天，该做弥撒了。

② 这所官邸于 1483 年兴建于西班牙的塞维利亚，以判耶稣死刑的罗马执政官本丢·彼拉多的名字命名。

令他目眩神摇：深不可测的金属锻造于茫茫昏暗，黄金宝石的光彩里包裹着重重阴影；还原的炼金术在光明中为等待审判的人类打造出漫漫长夜。就连他记不得在圣礼中有什么意义的圣水，也在耶稣的肋骨旁说起话来[①]。小时候，当父亲去首都为顾客采购卡其布和羊驼毛料的时候，虔诚的婶娘带他去过教堂。他和别人一样，在装饰着巴洛克边线的祭坛前跪过、坐过，也站过。当司仪神父穿上祭服，他从未想到过他正在扮演受难的耶稣。他盯着教堂穹顶上的木构件（那里经常睡着只蝙蝠）看个没完，除了弥撒本身，他对一切都感到新奇，那时他并不知道，眼前正删繁就简地上演着与自己关系最密切的奥秘中最具象征意义的精髓。现在他终于懂了。在伴随着荣耀颂歌、福音书和圣餐礼赞的简单动作中，蕴藏着寻常事物的奇妙升华，就像在建筑上，狩猎的战利品升华为牛头雕饰；捆扎树枝的绳圈升华为完全吻合黄金分割比例的柱顶环带。原来他竟然具备如此高明的理解力，竟然能够参透这么多真理，可恨的是自己却全然不知，把所有的聪明才智都白白挥霍在用以证明英雄或者卑贱的一场场演讲上！啊！我信，我信，我信！我信耶稣在彼拉多手下受难，被钉上十字架受死，埋葬，降至地狱，第三天

① 据《圣经·若望福音》(和合本译作“约翰福音”）19: 34，耶稣在十字架上断气的时候，被罗马士兵用长枪刺透肋部，肋旁立刻流出血和水来。

从死人中复活；我信耶稣升天，坐在全能的天父右边；我信他将从那里审判活人和死人……这时候，从那座现代高楼里传来了一阵小号，召唤着最后的审判。还是那位顶楼上的邻居，他新买了一台刺耳的廉价留声机，兴奋不已，一遍又一遍地播放着同一首乐曲，时不时地就把唱针回拨过去。那曲子是由好几段音乐依次拼起来的，每一段都不一样，每一次都按照同一个顺序演奏。开头混乱不堪，可以听到号角齐鸣——可这段行军般的调子却有始无终。接下来的音乐悲伤、迟缓又单调。紧随其后的是一段欢快的舞蹈，不久又被另一段有始无终的军乐打断，但它又不是纯粹的军乐，倒像在可笑的纪录片里，法国贵族在狩猎前带着受过洗的猎狗听弥撒时，那些长袍大袖的猎手演奏的某些活像巨大的铜螺似的乐器。这段军乐的结尾总是跟着一段小步雀跃的旋律，宛如小孩子的玩具：随着两根平衡的木棒一上一下地运动，两个玩偶依次用小锤敲击着一只大锤——再往后是几段破碎的华尔兹，由此渐渐发展成一段气势磅礴的交响，其中有小号声，也有军乐团里的铜管声，就像老家圣斯皮里图斯的裁缝铺旁边，士兵在夜里回营的军号声。最后是欢声笑语的结尾，狩猎的号角再次响了起来……老太太的侄女一步步地走下螺旋楼梯，他正好趁机开门看看她睡着没有，再像前几回一样，偷吃凉在床边的肉汤。但是眼下，当他正端着盘子把汤往嘴里送的时候，双手却猛地僵住了。老太太脸上的皱纹惊奇地消失了，她直勾勾地瞪着双眼——带着遥远而无法形容的紧张——望着他把汤盘放到两只药瓶间，不敢再去吮吸飘在干瘦的鸡爪子上的那些浑浊的油星。煮汤的老公鸡是被家禽贩子用钉子挂起来零卖的。鸡爪被束成三根趾头，布满灰色的鳞片，像老人的皮肤一样皱皱巴巴地覆盖在刚剥了皮的南瓜块上。他犹豫了片刻，终于挑衅似的迎上了老太太的目光。她死死盯着他，但阻止他已经太迟了。他把嘴巴埋进礼拜天的汤里连吸带嚼，随后又把手伸向了桂格麦片的包装盒。为了乞求原谅，他带着沾了一嘴的生麦片，遮住了老太太的脸，替她把毯子拉到脖颈。一碰到她的脸颊，他浑身一抖，吓得跳了起来。老太太的脸颊已经僵了。他握住她血管已经冰冷的手腕，试图摸到些许心跳声，就在此时，那只攥紧在太阳穴上方的拳头就像死人僵硬的肢体一样落回到了太阳穴上。螺旋楼梯上响起了脚步声。那是老太太侄女，还有别人跟在她身后。他急忙关上身后的门，刚进望楼就听到一阵尖叫。他被刚才的一切吓呆了，倚着箱子蹲在地板上，竖起耳朵探听着门外的动静：走起路来一瘸一拐的是楼下裁缝；脚步绵软气喘吁吁的是门房先生；每走一步脚尖都会踢到楼梯的是那个当兵的，他已经跑下楼去预备停灵和葬礼的事情了。左邻右舍都推开窗子探听消息，满院子都回荡着问话的声音。突然一阵混乱的脚步响起，办丧事的人们带着冰块和蜡烛进了屋。守灵开始，住得远的亲戚们都赶过来了——赫苏斯·德·蒙特、卡瓦利奥、圣玛利亚·德·罗萨里奥[①]——这些人只有在亲人去世的时候才能想起彼此来。时不时会有人敲他锁着的门，想上天台去，这令他重新感到了前几天的恐惧。门被他死死顶住，想开门的人很快就作罢了。但这扇木门的抵御已经到了最后时分。明天老太太的棺材就会被抬走，那位总是因为找不到钥匙而发火的门房先生马上就会把开锁匠叫来。开锁匠掌管着一把万能钥匙，只要把它插进发霉的门锁，便知道蓝色的房门之所以打不开，是因为被人从另一面锁上了。到那时候，他只得举手投降。不是向这些人投降——他们跟他无冤无仇，就算知道他在那个可怕的江湖里混，也不会把警察叫来——而是向自由投降，向街道、人群和把自己看成受审犯的目光投降。他将重新遭受酷刑的折磨：对所有的面孔都疑神疑鬼；不敢在同一张桌子上连吃两顿饭；怪癖难耐地在洁白的床单上搜寻医院的寒冷；还没睡醒就要起床；走夜路时连自己的脚步声都要提心吊胆；只因一阵风关上了走道上的百叶窗，或者院子里落下一只烂熟的水果，

---

① 这些名字都充满了宗教色彩。

就要把身体从另一个温暖的身体上抽离、逃走。而当无人在意他的死活，当其他人因为害怕而对他避之不及的时候，他就会想起那个老太太。他不会忘记她曾经把他抱在胸前，用那么多温柔可爱的名字唤他。一听别人说起这些，他就感动得不能自已。当自己形销骨立，穿着在黑暗中不容易辨出身形的海蓝色外衣和又破又脏的衬衫再次走到她面前的时候，她冲他大喊大叫，斥责他别再为这个家招灾惹祸，活得糟糕的人死得更糟糕。当初他从圣斯皮里图斯来到首都，她把房子租给他住，只收了很少一点点租金。她就像第二个母亲一样处处劝他走正道。而他却搬走了，因为这样一个规规矩矩的基督徒家庭肯定不会允许自己把那些不干不净的女人带进门……但是，当老太太看到他如丧考妣地跌坐在椅子上，用留着脏指甲的双手捂住脸泣不成声的那一刻，他在她眼中又变回了当年那个把头埋在自己胸脯上哭得快要喘不过气来的小婴儿。他的太阳穴和脖颈上的青筋暴起，双肩一个劲儿地抽搐，粗重地喘着气，一阵呜咽过后，低沉地吐出一声发自肺腑的哀鸣。老太太看他这副模样，心还是软了。她重新把这个放荡许久的浪子带回了望楼，让他藏在那里，伴着当初扔下的那只装满了大学物品的手提箱，等待着最后的安排。啊！上帝的圣母[①]！纯洁的圣母！清白的圣母！

---

① 这一段是《玫瑰经》（又称“圣母连祷”）的节选。避难者背得七零八落，颠三倒四。

无所不能的圣母！仁慈的圣母！为我们祈祷吧！神秘玫瑰[①]，达味[②]之塔，清晨之星[③]，罪人的健康[④]，殉道者的女王，为我们祈祷吧……是她第一个用乳汁填饱了我的饥肠；是她柔软丰满的乳房教会了我什么是馋嘴；我的舌尖尝过她肉体的滋味，就是后来我在与她流着相同血液的青春肉体上反复寻找的那种滋味；是她用身体最纯洁的汁液哺育我，把我抱在她温暖的怀里，用双手呵护我，爱抚我；是她在我众叛亲离的时候收留我。现在她就躺在这里，躺在用最破最短的木板做成的黑色棺材里，蜷缩的脸颊枕着在破桶里滴水的冰块。这都是因为我——连想都不该想的我，连承认自己有干出这种事的可能都不应该的我——吃掉了她重病中的饭菜，吞掉了她赖以为生的口粮，啃光了她的鸡骨头，像只贪吃的猪一样把她礼拜天的肉汤舔得一滴不剩。上帝啊，垂怜垂怜我们吧！耶稣啊，垂怜垂怜我们吧！……此时此刻，在旁边的现代高楼上，那首单调而悲伤的曲子又一次响了起来，宛若对守灵祈祷的回应。

---

① 圣母玛利亚的别称。

② 《圣经》和合本译作“大卫”。达味之塔指耶路撒冷旧城的最高点，由希律王所建。

③ 指耶稣。

④ 《玫瑰经》的原句应该是“病人的健康，罪人的庇护”，避难者记混了，误背成了“罪人的健康”。

5

老太太曾在几户有钱人家里帮过佣，所以看到他出现在守灵仪式上，谁都不觉得惊奇。“天台的钥匙找到了！”老太太的侄女望着一阵突如其来的风吹动了蜡烛的火焰，兴高采烈地叫起来。“节哀顺变。”有人一边对他说着安慰话一边寻思，一个白人大热天的穿着海蓝色西服出现在一群黑人的守灵仪式上，八成是老太太的什么亲戚。他透过棺材上的镜子端详着自己。脸颊瘦得皮包骨头。在无事可做的日子里，为了忘掉自己披着伪装、壮着胆子做过的那些事，他天天喝得烂醉，当时积累下的脂肪现在都已经消耗殆尽。他对着镜子看了又看，镜中的自己简直和以前判若两人。在整夜整夜的折磨下，他的面颊刻上了一道深深的皱纹，尖削的下巴显得格外瘦长，黑魆魆的眼圈上长久地留下了一道奇怪的痕迹。因为头发太长，连发型都不再是老样子了。他还发现自己的表情也有了一些新变化，如果在光线不足的地方碰到熟人，兴许不会被他们认出来。而墨镜作为乔装改扮的工具，近来也大有帮助。多亏上帝让他在这几天禁闭中受了苦，也多亏前些日子挨过饿，这些折磨都令他升华，令他日益感受到上帝的存在——他好像就在望楼的栏杆上支着胳膊，光芒万丈又怜悯众生。透过这面映出自己新模样的镜子，他还愉快地看到，老太太的亲戚们纷纷上了楼，在天台上吹拂着难得的夜风。低垂的云朵延绵到山岗，被大学里的灯光染成褐色。灯光应该来自体育馆，或者来自柱子林立的院子。他听到老太太的亲友在抱怨，旁边高楼上有人不顾邻居刚刚去世，还在播放唱片。虽然放的不是舞曲，但音乐都是在高兴的时候才演奏的。他们还说，当兵的最有威信，最好由他出面，劝对方以死者为重。正在这时，航船上传来了一声汽笛，大家转眼就把音乐的事情忘了个精光——也许那唱片已经停下来了，马上把话题转到了领航员、浮标和潮水上面。有人坚持说灯塔的闪光转得比平时慢了，众人各持己见地吵个没完，还特意对了回表。瘦骨如柴的避难者透过镜子看着这一切，转身朝屋里那扇门走去。因为锁了太久，厚重的铰链总是自动把门关上，所以那根被他用来顶着门的木棍，现在还在继续顶着门，好让它一直敞开着。屋里只有两位戴白帽的老人在摸着同一串念珠念《玫瑰经》。他像往常一样把手枪插在身侧，扶着栏杆慢慢地走下螺旋楼梯。楼梯在脚下吱呀作响，仿佛在清晰地同他说着话。他穿过裁缝学校的院子，尽管邻家在办丧事，女学生们还是忙不迭地举着各种用别针别起来的报纸剪样，给那些或胖或瘦的假人模特穿衣服。望着许久未曾平视过的街道，他突然生出一种陌生的感觉，犹豫了一会儿才踏出老宅的门槛，把角柱上镶嵌着玫瑰花窗的望楼抛在了身后。烈日炎炎，成排的杨树在人行道上投下宽阔的阴影，与周围的亮处形成鲜明的反差。他带上了夜间行动专用的太阳镜，觉得自己藏得更安全了，便在一排排树影里迈开了脚步。一走到阴影之间的亮处，他便把脸埋进竖起的衣领里，步履更加匆忙。他身上只剩一张崭新的钞票，那是最后一次被拒之门外的时候，对方像打发叫花子一样扔到他身上的。就在那个下午，他躲在一根千疮百孔的柱子后面，侥幸保住了性命。这张钞票支付不起逃回父亲裁缝铺的路费，再说他若是回去了，整个圣斯皮里图斯的人都会得到消息。在名人方尖碑下卖水果的老兵认识他；卖茴香面包的小贩认识他；挥着剪子到处打探是非的理发匠也认识他。他想该去吃点东西了。可是现在刚刚天黑，小饭馆里坐满了左顾右盼的客人——如今他身处闹市，最害怕的就是别人的目光。他穿过明暗交错的树影，终于走到了杨树道的尽头，从那里进入了一个立柱的世界。有的柱子上涂着蓝白相间的条纹，柱身间还竖着栏杆：双重门廊矗立在皇家大街上，那里立着一尊海王雕塑喷泉，人鱼特里同[1]就像勇敢的猎狗一样簇拥在父亲身边，背上贴满了竞选海报。他沿着涂着褐色、灰色、绿色和紫色的墙面，经过一道道宅院的门廊，从雕刻着破盾牌那扇门，走到点缀着脏兮兮的丰饶角杯那一扇。笔直的街道从街角延伸开去。成群的飞虫随着微风在街灯下缭乱起舞，朦胧的灯光摇曳着，为沥青路面镀上一层铅蓝。远处刷着石膏漆的哥特式老教堂在夜色中沉沉入梦，外墙上的花形装饰经过多次粉刷，活像裹了一层黏稠的糖浆。教堂顶上杂草丛生，挡雨的窗檐上爬满了狗牙草。对面的小店里摆着磁铁、燧石和煤玉手串，孩子们戴上这些护身符，便不会得病，也不会被“邪眼”[2]伤害。前方有一束葡萄藤从石墙的断壁里探出了头，墙边宽敞的烟草库安睡在香气袭人的阴影里。西班牙旧豪宅的拱门下面，一群乞丐盖着破纸片，躺在罐头和破烂堆里噩梦连连，尿了一地。逃亡者加快脚步，在一根根立柱的阴影间疾走，他知道不远处就是集市，此时那里的红南瓜、青香蕉和黄玉米正堆积如山，旁边的火鸡从鸡笼的栏杆里探出头来，它们的脑袋活像沾满了灰尘的郁金

① 特里同是古希腊神话的海王之子，也是海中信使，上身是人形，下身是鱼尾。

② “邪眼”在世界上很多文化里都存在。根据迷信的说法，有些人的眼睛有魔力，只要看别人一眼，对方就会遭受伤害、厄运、疾病，甚至死亡。为了避免被“邪眼”诅咒，就要佩戴护身符。

香。前面那条街上开着几家当铺，铺子里总是灯火通明，就像舞会一样热闹。藤椅挂在天花板上，挂钟、壁桌和衣橱凌乱地堆了一地，一只低音提琴的琴颈，或者一只彩瓷花瓶，就像迷路一样从中探出脑袋。前面那家店摆满了穿婚纱和领圣餐的人偶模特，隔壁殡仪店的看门人头枕着棺材，在做丧事的铜器堆里打着盹。理发店里挂着镶金框的镜子，明亮的灯光映照着外面沾满了鱼鳞的大理石案板，案板四周堆满了装着苦胆、鱼肠和带壳海味的水桶。他绕了个道，在玉米粥、腌肉块、浓卤水和腌鳕鱼的香气里穿梭，只为避开那家亮着灯、壶里冒着蒸汽的咖啡馆。那天晚上，他就是在咖啡馆门口被捕的。最后他终于来到了一条暗巷的转角，巷子里的窗户下面总有人在小声地呼唤。他抬手叩响了门环，这是当前唯一可能收留他的地方。门后一阵响动，他听到了埃丝特蕾娅施施然的脚步声。

6

“你死哪儿去了？”埃丝特蕾娅开了门，又狡猾又好奇地问道。小狗打着瞌睡，凑到他身边闻了闻，它已经习惯不冲陌生人汪汪叫了。“我刚旅行回来。”——他找借口掩饰着自己不合时令的西装，还有用天台上的水龙头冲洗过的皱皱巴巴的衬衣，毕竟她最近多次夸过他衣冠楚楚，奢华高调。“你还戴着太阳镜？”她细细端详着，伸出一根指头把镜片摘了下来，戏谑地看了又看：“全是黑色，现在流行这样的？”“我还没吃饭呢。”他一边回答，一边向垂枝石榴树荫后面的厨房望去。小狗跑进庭院深处，那里堆着各种剩饭，锅里的东西全倒空了。埃丝特蕾娅拿来一瓶没喝完的酒。他来她这里已是走投无路，正打算把一切都向今晚唯一可能帮助他的这个女人和盘托出。但匆匆下肚的烈酒又让他冷静下来，重新思考起当下的处境。现在他又躲起来了。身后大门一关，他就又有了掩护。距离天亮还有许多个小时，时间充裕，足可见机行事。他得提前争取埃丝特蕾娅的信赖，但他已经不辞而别两周了，在开口之前，他必须把俩人已经冷下来的爱火重新点燃。她就喜欢他占有她时慢慢悠悠却又锲而不舍的态度，于是他握住她的手，拥着她往床上去。“等等！”她用蚕丝纸擦掉嘴唇上的口红，用手帕蒙住圣母像，关上台灯躺到了他的身旁，可他已经瘫在这张宽大的床上了。这么多天来，他一直在那张破草褥上辗转反侧，褥子上的破洞足以塞进肩膀。现在她的枕头多么柔软！酒后的身体像温热的蜡一样绵软无骨。他把沉重的手枪扔到衣服上，身上一阵轻松。丰腴热烈的乳房蹭着他的面颊，但此时那双玉臂完全激不起他的欲望，反令他更加昏昏欲睡：一切都让他陷落，陷落，优哉游哉，心旷神怡，四肢松软地陷落到梦神宽大的怀抱里……当他睁开眼睛，屋里已经亮了灯。埃丝特蕾娅背对着自己，刚刚穿上镶着绿花边的衬衫。她通过半月镜的反光打量着他，目光中不是鄙夷而是冷漠。“过来。”——他说。“你不行的。”——她一边涂口红一边回答。他知道劝她擦掉口红比劝她重新脱下衣服还困难，便妒火中烧地坐到了床沿上。他忍不了她看他时厌烦的神色。他曾经满怀男人的骄傲，一次次地睡过她，征服过她职业的冰冷，把她压在胸膛下纵情娇吟。可此时她和他同床共枕后的样子，活像放弃了一项徒劳的任务。她打开朝向大街的门，想把猫唤回来，那畜生已经静悄悄地跳下了房顶，正不耐烦地摇着尾巴盯着什么东西看。她完全懒得理他，可从前他只要一抱她，她便会求他整晚都陪着自己。他终于爆发了。他现在整个人都沉浸在饥饿和恐惧中，怎么可能高潮！他开始说起话来。喘着粗气，不住嘴地说，嗓子都说哑了，他可太久都没说过话了。埃丝特蕾娅关上门，瑟缩在床的另一侧，提心吊胆地听他说个没完。突然间，她恍然大悟，把所有事情都不可遏制地串到了一起。虽然她早就见到过报上登的那些可怕的照片，却从未意识到，恰是自己那一次的愚蠢和懦弱，成为了这一切的导火索。现在，在别人的讲述中，她的形象立起来了，立在那些恐怖、孤独、饥饿的日子里，立在那所遥远的大宅里。守灵的人们围在老太太的棺材旁，老太太至死都没吃到被人偷走的食物。她凝神掂量着他说的事情所造成的恶果，拼命把对宗教裁判所的念头从脑子里抹去。就在这时候她听到他嘴里吐出了一个词语。她经常云淡风轻地用这个词语来称呼自己，就像在陈述一个简单的事实。可现在这个词语就如同深井里的回声，愈发地震耳欲聋。她也不记得，自己从什么时候开始喜欢坐在男人们的大腿上，闻他们衬衣上的汗味和烟味。等到对方把两只强壮的臂膀伸到她的腰肢下面，把那里抱得更紧的时候，她就对未来充满了底气。她像外人一样谈论着自己的肉体，仿佛锁骨以下与她毫无关系。她那些部位活力四射，天生具备赢得男人的渴望和金钱的魔力，就仿佛巫术一般，刹那间便能激起他们持久的欲火。她的恩客干什么的都有，每个人生活的节奏和目标都不一样。她也说不准甲先生学什么专业，乙先生为什么停留，丙先生又在怀念什么往事。她只是一动不动地在众所周知的地方等着不知从哪里来的男人们转过街角，化身人形，随后又在这个城市里烟消云散，直到再次出现在她的面前。他们带着一模一样的表情和欲望，用一模一样的话语赞美她异常鲜活的肉体，相比之下她的头脑倒成了次要的东西。她的肉体站在专属的宝座上，作为永不屈服、千金难买的物质，倨傲地宣称自己拥有冷漠、淡然和蔑视的权利。她在床上总是主动索取的一方，虽说当对方态度文雅或者技术高明的时候，她也会不声不响地扭转形势，心甘情愿地缴械投降，让男人在这场露水情缘中扮演她这个女强人通常所扮演的角色。她的肉体是无罪的。是“肉体”无罪，而不是她本人。她把肉体看作一个收集精神的场所，就好像一件珍宝被存放在家中另一个房间里。“罪孽生于头脑”，她在教堂的布道仪式上隐约听过这话，当时她刚发现几滴圣水染花了母亲留给她的那件黑色披巾的花边。可她连头脑也是清清白白的，她只做唯一能做的工作，按劳取酬，诚信交易，言出必行，还经常慷慨解囊，帮衬穷人和同在这一行的贫苦姐妹。左邻右舍的太太们（她们都是在教堂里结婚的）都觉得她比那些背地里指着她说长道短、以此标榜自己贞洁的女人要更加高贵。她素来以坦诚为荣，索性公开承认，自己就是个货真价实的婊子。但是现在，当她了解了他所经历的痛苦、饥饿和垂死挣扎的孤独，却觉得“婊子”这个词变得越来越卑鄙。它不是明白意思后便能轻松说出口的四个字母[①]，而是一个生满脓疮、载满砸死人的碎石的下流词汇，是自古以来在监牢、粪坑、收容所和竞技场里随处都能听到的痛骂。人们叫她婊子，不是因为她的肉体，而是认为她在面对某种并不严重的威胁时（被威胁的不是人身而是利益），会为了自保而出卖他人。无论是德高望重的男人还是只嫁一个丈夫的妇女，都习惯用“婊子”来称呼那些背信弃义的女人。这次她终于犯了罪，她头脑犯下的罪孽酿成了那么深重的灾祸，就连来自地狱的声音，也冲着她在恐惧中瑟瑟发抖的无辜肉体大骂着“婊子”……而她身边这个汗流浃背、气喘吁吁的男人，正扯着越来越高亢的嗓门，再三向她标榜着自己的真诚，向她倾诉着自己的祷告和哀求，以及上帝在他生命中留下的伟大神迹。埃丝特蕾娅忍不住抽泣起来。现在轮到他来把她拥进怀里，拉到自己的身边躺下。在熄灯之前，他用一张蚕丝纸擦掉了她唇上的口红。

---

① 西班牙语中，“妓女”一词“puta”由四个字母组成。

7

现在，埃丝特蕾娅没有涂口红。她背对着他，用浸着烈酒的手帕擦了擦脸。她没有化妆，浓密的头发上插着一支发梳，两只眼珠深陷在毫无光泽的土黄色皮肤里，好像被炭火的黑烟熏过。她从柜子里取出圣周时参拜苦路[①]的黑衣服，还有特意为吊唁和守灵准备的黑鞋子。男人正蘸着锅里冷汤，啃着一块硬面包——昨天的剩饭都被她拿去喂狗了。跟她上过床后，他感到异常平静。“比起吃饭，我更需要安静。”他心想。于是他再次事无巨细地向她描绘起那所房子来。女人不熟悉那个街区，只在去动物园看珍稀动物的时候去过一回。再说了，所有发生在她住的这个教区之外的事情，都像发生在海湾对岸或者比旧城堡更远的地方一样，跟她毫无关系。他说着奥尔费拉区、埃尔纳萨莱罗区、普拉蒂诺区，就好像说着千里之外的大城市，

① 又称“耶稣受难路”，为天主教模仿耶稣被钉上十字架之过程的仪式。

直让人一连好几天在大街上迷路，晕头又转向。而她熟悉的那几条路，都是在圣周中从一个教堂走到另一个教堂的耶稣受难路。很多人主动登她的门，她却谁家也不去。正因如此，他才要让她把沿途的景物牢牢地刻在脑子里。路上有四个街角，她要去的就是带花园、竖着高高栅栏的那一个。房子有两层，正墙大门口安着绿色遮阳棚，摆着儿童摇椅。花坛里栽着黄菖蒲和雏菊，还竖着几尊洁白的女神像，从街上就能看得到。其中一尊雕像脸上蒙着面纱，手上拿着苹果（是夏娃么？她问道）。还有一尊拿着长矛、戴着头盔（爷爷说过，古时候的女人也像男人一样上战场）。房子的正门两边各有一尊石狮子，狮子嘴里衔着金属环（就像海边纪念碑旁边的那对石狮子，就是立柱上停着一只鹰的那座纪念碑）。敲门时不要叩门环（就像这里），直接拉一下悬在门板右侧的细绳就行。也不要一个劲儿地拉个没完（就像这里），拉一下先等一会，再拉第二下（难道自己在他眼里就是那么不懂规矩的人么？）。她必须把信交给那个大人物，并要求一个确定的答复；为了引起对方的重视，她必须表现出非常了解那个行动的样子：举止礼貌但态度坚定，要让对方明白，如果需要，这个女人可以等他整整一晚上。如果对方表现得不耐烦，她就摆出一副模棱两可、冷嘲热讽、令人不安的模样，好像她什么都知道。如果对方不让她进门，如果那个穿白制服的男仆前去禀报又折回来，请她明天再来，她就骂句脏话，哪儿也不去：坏消息准能叫开门。如果大人物出门去了，她就坚持留在西班牙风格的客厅里等他回来（就是那种安着雕花大柜，摆着两副盔甲，盔甲的金属护手套上还插着柄长剑的客厅，明白了吗？）；要是他们不让她进门，她就在铁栅栏的外面坐着等。杨树底下有一张长椅，想见他的人都知道。路上有四个街角，她要去的就是带花园、竖着高高栅栏的那一个……埃丝特蕾娅朝他走过来，不施粉黛，一身丧服，唯一的首饰就是挂在短链下面的宗教圣牌。他突然发现她这副样子活像裁缝学校里的女学员，禁不住笑出了声。“你就像个贵妇人。”——他一边夸她，一边从腰带卡扣里掏出一张崭新的钞票。随后透过百叶窗，看着她叫上了出租车。现在是八点钟，那些人睡得晚。屋里只剩下他一个人了，他感到安全，感觉有了庇护，感觉今晚自己才是这里的主人。时间一分一秒过去，他的苦难马上就要熬到头了。他慢慢穿上衣服，用手掌拍了拍西装，好让它重新显出点儿笔挺的线条。厚重的乌云压在院子上，被城市的灯光染上了紫红色。石榴树后面的厨房里，铺着方形油布的橱柜空空如也，墙上挂着各种装饰画盘。有的画着马车和城堡，有的画着玩羊毛球的猫咪，还有的画着那不勒斯海湾和踩着玫瑰的马蹄铁。他一边喝着瓶里剩下的烈酒，一边重复着信上的内容。他弄不到上等信纸，只好把信写在零售店里卖的那种蓝色格纸上，还在外面套了两层信封，以防止第一层信封上的地址被弄花。他想做点什么，好让自己心想事成。于是便开始祈祷，希望收信人恰好在家，埃丝特蕾娅顺利地见到了他，并带回了给他自由的好消息。他捧起那本印着卡勒多拉巴十字架的小书（为了讨个吉利，他一直把书藏在口袋里）。在屋子的最里间，一盏昏黄的长明灯映照着戴念珠的圣何塞画像。他在神像前双膝跪倒，用不高不低的声音吟诵着这位在上帝与可怜的罪人之间充当传话者的圣父的祈祷文："全能的圣父，我们的守护神。上帝像选中梅瑟[①]一样选中你，不为守护普通箱子，而为守护真正的约柜。无上的审判者基督在玛利亚纯洁的腹中化为人形……"待他祷告完毕，却忘了自己到底念了九条还是十条祷文，于是便又加念了十一条。但是好像有人在敲门——肯定是埃丝特蕾娅的某个主顾——于是他关掉了所有的灯，躲在黑暗里留心着街上的响动，在这个点上，去集市运货的卡车越来越多。他睡了一会儿，也许没睡着。但只有在他靠着墙，蜷着身子做的那个短短的梦里，他才会伸手去找三角尺。现实中是没有三角尺的。又有几辆卡车开过。他等了很久，满怀的信心

① 《圣经》和合本译作"摩西"。

渐渐变成了焦灼，这时门口突然传来一阵激烈的争吵声，吓得他跳了起来。一个男人冲着埃丝特蕾娅阴阳怪气地大喊大叫，故意吸引街坊四邻前来看热闹。门锁声响起，女人从街上进了门，手里挥着他给她付车钱的那张新钞票。“司机说这是张假钞，我没有……”有人使劲叩着门环，屋里每个房间都能听到响亮的敲门声。“他说画着闭着眼的将军的是假钞。我可没钱，我今天刚交了房租。”逃亡者目瞪口呆地拿起钞票检查起来。他把钞票伸到灯下，翻来覆去地看了又看，而外面那个那个男人还在继续大喊大叫，冷嘲热讽。“我从来不做亏心事，”埃丝特蕾娅哀叹着，“我是个规矩人。”震耳欲聋的砸门声还在继续，一个警察慢悠悠地走了过来。“你快走，我来处理。”女人一边说，一边指向最里面的那间屋——戴念珠的圣何塞像旁边开着一扇小窗，窗外是一片荒地。他重新躲回黑影里，听到她打开了院门，有人在乱哄哄地说话。出租车司机终于平静下来，接受了交易，还道了歉。因为胡闹了这么久，他开始说起自己一次次收到假钞的事儿来，还说骗子为了不容易被识破，最喜欢晚上用假钞了。随后便是一阵耳语，一阵笑声。突然，埃丝特蕾娅故意抬高了嗓门，就连最远的屋子都听得见她在说：“我说心肝儿，咱俩单独待会儿怎么样？你要是愿意，那就请吧。”冷不丁碰上这种倒霉事儿，逃亡者恼羞成怒，他抬起一条腿爬上窗框，从黑暗里一跃而下，打着滚摔到了一堆湿漉漉的废纸堆里，纸里还夹杂着烂水果、羽毛和牡蛎壳。等天一亮，这些集市上倒掉的垃圾就会先被狗啃一遍，再被秃鹫翻一遍。他累极了，躺在冰冷的果壳和鳞片里动也不动，好久都没爬起来。他仰面朝天地躺在那里，刚刚进门的那个男人从窗上扔下一个点燃的烟头，正好落在他的手上。这种烟是用农村的玉米纸卷成的，在城里不常见，抽的人很少。他疼得厉害，好半天才摇摇晃晃地站直了，却找不见墨镜，这时他才想起来，墨镜被丢在埃丝特蕾娅床边的柳条桌上了。一辆汽车拐进了街角，车灯照着他的影子，沿着围墙飞奔而去。

8

现在他靠在一眼旧喷泉旁边，拼命擦洗着身上的西服。每当夜色初降、车夫们回城的时候，疲劳的骡马便摇着脖子上的铃铛，在这眼喷泉旁喝水。他手上没有毛刷，只能抓一把稻草，在晒温的水里泡一泡，再来擦衣服。但现在他觉得，那几个车夫总是盯着他看。这些人没什么可怕的，但还是离得远点儿为妙。于是他拐进一条肮脏的小街，沿街的水流上面丢满了甘蓝叶子，下水道的栅栏上面全是被踩烂的水果。想从这里去大人物的家，就算不绕道也要走上很远。他盘算着，必须在树底下走，树荫能让人壮胆。在山坡上走就像穿行长长的无人地带，肯定会害怕。他差点想去敲埃丝特蕾娅家的门，把她叫出来。但转念一想，她接客时总会关上正屋里所有的灯，从不回应外面的敲门声。她这么做是因为，有些主顾看到她屋里黑着灯，便以为她出门逛街去了，依然愿意晚点再来。但他们并不情愿先来后到地躺在残留着别人体温的床单上。再说他也不信她能轻易地把那个车夫打发掉。毕竟她欠了车钱，可得好好补偿，兴许他得待到半夜才走。而他必须马上到那里去，去弄清楚，最终弄清楚，斩钉截铁，没有拖延和躲藏地弄清楚——明天是否能够熬过这漫长的黑暗，迎来光明。他索要的很少：一本护照，一点钱，还有人——是的，人！——一直在自己身边守护到最后一刻的人。他要见的是个高高在上的大人物。这个大人物为了除掉某个可怕的对手，通过邮局给那人寄了一本书。对方一翻开书，藏在里面的炸弹就爆炸了。为了埋炸弹，必须找一本厚书，装订必须结实，才能在书页里挖出凹坑来。于是他选了本世纪初在马德里出版的熟牛犊皮封面的《演讲家全集：从德谟斯蒂尼到卡斯特拉尔》。送人下地狱的炸弹恰好安放在西塞罗和甘必大的那几章。事一办完，准备书的那个人就和其他同伙一起死于非命，什么话也没有泄露——或者按行话说就是什么都没“招供”。只有眼下还在蜿蜒小巷里的打烊的店铺间游走的他还活在世上，成了唯一知道邮件炸弹秘密的当事人。为了保留证据，他藏起了那张在邮局寄炸弹时用假名开具的发票，准备在必要时告知对方。为了逼迫大人物赶紧行动，不要拖延，他威胁说自己要把发票的影印件寄到报社去，再附上一封信，详细说明事情的来龙去脉。“你待在原地别动，等我消息。”——他派人向他传话。可是他等得太久，又碰上老太太去世，被赶出了望楼。当时他自以为因祸得福，死亡也许是曾经用胸前的乳汁哺育过他的老太太为他做的最后一件善事……想到这里，他又鼓足勇气加快了脚步。现在他觉得，让埃丝特蕾娅去传信是愚蠢的，没有人比他自己更有权利走一遭。他踏上两排林荫道的宽阔大街，一尊西班牙国王的大理石像戴着假发，别着金羊毛骑士徽章，披着一身高贵的天鹅绒，矗立在重重的立柱间。诞生于伟大殖民时代的恢宏立柱，与旁边涂着橙色和蓝色涂鸦的立柱比肩而立，就如同古代凯旋门的宏伟遗迹，凭空降落在插满了向日葵和异想天开的混血元素的甜品铺子旁。他经过高耸入云的哥特式高塔，塔上的拱券正对着一家贩卖海螺和黑人宗教仪式专用护身符的小店。他又穿过共济会大楼的大门，刻意避开带镰刀的党徽。党总部正在召开基层会议，办公室里还亮着灯。他加快了脚步，想起刚从圣斯皮里图斯来到这里不久时，自己还曾拒绝过这个党。为了找到一个充分有力的理由，他还对着某个门厅里的圣母像，在胸前画了个十字。再往前是植物园庄严的铁栅栏，病恹恹的兰树下是标着拉丁语植物名的花坛，平静的水面上盛开着维多利亚王莲和巨人般的海芋，冷色调的探照灯在花瓣上印下斑斑驳驳的光点。植物园后面那座陡峭的小山上修着一座监狱，泛红的云朵映着它黑色的剪影。监狱的前身是老西班牙堡垒的副堡，与当年那位天才的意大利军事建筑师奉菲利佩二世之命在这个岛上修建的那些堡垒相差无几。地牢、过道和秘密牢房都隐藏在岩石砌成的堡垒里。就在不久前，在监狱里第四座瞭望塔附近的牢房里，在传出犯人喊叫声的小窗旁边，逃亡者独一无二的肉体曾在酷刑的威胁下忍无可忍地蜷缩成一团。现在想起往事，他忍不住打了个哆嗦。树木越来越茂密了，为了忘掉那些可怕的事情，他专心在树荫里找起路来。他呼吸平稳地在大学的山脚下停住脚步，看到灯光照在高音喇叭上。这个时候的学校里一般不亮灯，此时的灯光让他想起了文学系的学生们在竖着立柱的院子里时不时举办的戏剧表演。现在，上百名观众一定在看由装扮成信使、卫兵和英雄的学生们演出的一场悲剧。而此时此刻，逃亡者正在计算，从那座装饰着高大的立柱、刻着远远就能望见的“HOC ERAT IN VOTIS”几个充满求知隐喻的大字的高楼，到那座赎罪的，阴暗的城堡之间，究竟隔着多么短的距离。就在那座城堡里，他们逼他卑鄙下流地倾吐，也就是招供，自己从学校走廊里的那些同学，那些不幸被他遇到的同学的身上，究竟知道了些什么。高音喇叭里播放着《安特里达》①里的变调和合唱。一句歌词飘到了逃亡者的耳畔，令他在布满灌木的山坡上停下

① 指希腊神话里的阿伽门农。

了脚步："所有诅咒都将应验——躺在地下的死人已经复活；昨日的受害者会喝下刽子手的鲜血来为自己复仇……"歌声随着打着卷的微风飘散在远方。他在马路沿上坐下，藏在浓密的杨树荫里，杨树将黑色的种子洒向被树根抬起的水泥地。起初的一切都是那么正义、英勇和崇高：夜里爆炸的房子；在大街上被子弹打成筛子的高官；无影无踪，仿佛被吸进地底下的汽车；家中熏着罗勒香的衣服里藏着的炸弹，塞在面包篮子或者啤酒包装箱（瓶颈上的盖子全没了）里的传单。那段日子充满了来自远方的判决、实至名归的勇气和舍生忘死的豪赌。就在那个时候，他们谋划了一场精彩的处决，刽子手是一个满脸微笑的信使。行刑的一刻，死者正在打开他的复活节礼物——一本用印着冬青叶和小铃铛的花纹纸包裹的书。也就在那个时候，他们执行了一场审判……

9

（……不管我多么想隐瞒，想沉默，那件事就在眼前，永远都在眼前。几个月来一直想忘掉，却怎么也忘不掉……我发现自己还是停留在那个下午，我拼命摇头，想甩掉那些景象，就像一个孩子，刚刚目睹了父母被肮脏的欲望包裹的身体。插着晚香玉的红色玛瑙花瓶好久没人换水，散发着腐臭的味道，过了这么久，我依然能闻得到那股味道。暮色西沉，灯火燃起，长长的街道总也走不到头，街上充斥着各式各样的百叶窗，家家户户都关上了拱门。滚烫的屋顶，镶在深斜角框里的威尼斯镜子。灯罩上的玻璃细柱在微风中叮咚作响，宛如八音盒的音乐从高楼上飘下。我们进门时落了几滴雨，装饰在瑞士湿度计上的那个坐着椅子祈祷的修士把斗篷半披在身上。我们都知道这里将要说些什么；我们都知道这次会用到藏在屏风后面、已经上了膛的手枪。然而这都是必需的，必须采取铁腕手段，一次做个了结。审判的时刻到了。我听到小鸟在安着掐丝圆顶和水晶门的镀金笼子里唱歌，也看到乌龟从浑浊的池水中伸出头来打哈欠。时间在那一刻静止不动，一切都具备了举足轻重的意义——现在我的时间依然静止不动，就好像先前发生过的事情后来又发生了一样。几个法学院的学生进了门，坐在桌子后面充当法官。犯人也进了门，嘴里叼着一支雪茄，强作镇定地积攒着烟灰，但苍白的脸色和不听使唤的双腿仍出卖了他。大家穿着长袖衬衫等在那里，大法官打上了深色的领带，开口说起那次对部长的刺杀：大家研究了他的行程，确定了暗杀的地点，安排了岗哨，有人会拿着打开或者合上的报纸为杀手们指引最佳的逃离路径；有人准备好了喷枪和乙醚油漆，当晚就会让那辆汽车改头换面。此时此刻，有人异想天开地提出挖一条隧道。大家都热切地期待能够斩草除根，把部长和他身边的达官显贵一个不留地送进地狱，于是说干就干，从河岸开挖，一直挖到了部长家族墓地那尊长着宽大的翅膀、合着双手祷告的白色天使雕塑底下。我们计划把弹药布置在最后那间空墓室里，趁着有人在部长葬礼上致颂辞时突然引爆。大家在冒着下水道恶臭的黏土下面挖了整整一个晚上，越挖越深。直到镐头碰到了柱子的地基，才发现已经挖到了墓地的土坯墙下面。下水道的臭气太刺鼻，有几个人晕了过去，多亏几个医学生取出药，学生们早早配好的汤药灌下去，才把他们救醒。大家前赴后继，一路挖到黎明。夜里捕鱼的渔夫回了港，他们养的公鸡第一个打起了鸣，大家这才停下做了一夜的苦工。此时隧道已经穿过一座座十字架和小教堂，缓缓延伸到了作为终点的白色天使雕像底下……“你快辩护啊！”我看到大法官指着这个叛徒，禁不住脱口而出。就是他的告密破坏了这次伟大的行动，还赔上了好几个同伴的性命。“你快辩护啊！”满屋子的人都喊起来，喊他说出变节背后那些不为人知的苦衷、难以忍受的酷刑和无法避免的意外，于是大家就可以为了这些理由饶他一命，把手枪扔回摆着屏风的房间里的床上，让放在那棵最茂盛的大树下的铲子成为纯粹的摆设。可是这个精疲力竭的犯人却耸了耸肩，早早弯下的脊梁再一次接受了众所周知的命运……一句“处死”终于脱口而出。这是一个代表一切终结，代表宇宙坍塌的动词。此后是一阵长久的沉默，如同死亡后发生的沉默，对于业已消失的那些东西的沉默：心跳和动作都知道，一块铁器即将逼停机器的主轮，也知道一动不动、依然温热的身体即将被泥土掩盖。眼前这具肉体——虽在眼前，却像已经消失——明白自己已经处于时间之外，所以不慌不忙地褪下了腕上的手表；他习惯性地用右手拇指和食指为表上了弦，随后把它放在桌子上，留给别人，并最后看了一眼指针标注的那个尚未为他停止的时刻。以前在体育馆淋浴的时候，我看到他在欢呼中进来，汗涔涔的身上布满了肮脏的伤疤，散发着野兽的味道，毛巾从肩上滑下，露出脊梁上浓密的体毛。那时我多希望自己也像他那样，拥有骨架上柔软灵活的脊背，延展到胯部黝黑处的紧绷绷的小腹，还有挺着活力四射的胸膛边唱边喊地跑下水时的那双连蹦带跳的大长腿。他在往脸上打肥皂时，依然惊天动地地炫耀着自己还想睡女人、听音乐、喝烈酒。家乡那些文化人——他们都是父亲裁缝店的常客，也都见过埃雷迪亚在它影子下沉思的那座喷泉——也许会在给我的信中说，肌肉是愚蠢的，而精神是伟大的。可我仍嫉妒那具生活在我们中间、处处散发着男子汉气概的肉体。他永远都有使不完的力气，撑竿跳时飞一样地越过障碍，投标枪时活像古代的武士。现在这具肉体就站在法官面前，悲惨地摇晃着后背，好像在数着自己最后的心跳。举手表决和宣判的时候到了。两个人，五个人，我也不知道多少人举了手。我的手还停在原处，摸着在椅子脚下那条摇尾巴狗的后背，以此为借口不举起来。“快辩护呀！”我依然嘟囔着这句话，声音小到只有自己能听见。然而，在众人期盼的目光下，我最终还是举起了胳膊，把懦弱的手指抬到了和其他人一样的高度。大家上前给了犯人一个拥抱，没有看他的脸。行刑者举起了枪，片刻过后，从那棵最茂盛的大树下传来一声枪响。我站在这个倒下的人的面前，惊骇于一个生命结束得如此简单。一切都是那么自然：刚才能动的地方现在不动了；声音消失了，从嘴里冒出的鲜血像结实的珐琅一样盖住了没刮胡子的下巴。一切能感觉的都感觉到了，这静止只是打破了一个永远重复的轮回。“非如此不可”，所有人谈话时都故意这么说，都在历史里寻找着自己的位置。他们在夜色中各自走散，再也不用东躲西藏，再也不用杯弓蛇影，因为世道变了。大家扯着嗓子，一遍遍地喊着，为了更纯洁地迈入这个巨变的时代，非如此不可。他们的声调越来越高昂，身后的尸体越来越遥远……掐丝圆顶笼子里的小鸟睡熟了；池塘里的乌龟一动不动，把头缩回浑浊的水中。瑞士湿度计上的修士脱下了斗篷——我想起来了，当时落下来的几滴雨点很快就被吸进了干裂的屋顶里。苍蝇停在最茂盛的大树下，寻找着穿过身体的子弹。一只癞蛤蟆趴在树枝上，在夜鸟嘶哑的鸣声中唱起歌来。那段日子是审判的日子……）

10

……审判的日子是从两三年以前开始的，矛盾的激化导致恐怖袭击成了光天化日之下的平常事。民众的怒火不可抑制，越烧越旺。大家都希望审判并打倒那些软骨头和告密者，让他们血债血偿。然而在必要地、正义地、英雄般地惩罚了那些罪大恶极的败类之后，审判却变成了分赃。愤怒的人们不再害怕受罚，他们与土匪和武装组织狼狈为奸，干起了危险的勾当。后者借着各种各样的由头，故意制造事端激起民愤，他们下达任务，悬赏雇人替他们卖命。这群令人胆寒的亡命徒，就连警察见了都要退避三舍。他们都有权贵撑腰，就算被抓去坐牢，背后的大佬也总有手段把监狱凿出一条缝来。他这个如今被逐出望楼的罪人，也曾经是其中的一员。虽然一直坚称那些事情都是正义和必要的，但是每次干完脏活回来，他都要把自己灌得酩酊大醉，只有这样才能继续坚信，自己干的事情都是正义和必要的。每一起流血的命案都明码标价，虽然价格是以革命的名义定下来的。现在他坐在大街上，回忆起当时说过的各种遮遮掩掩的话，不禁甩了甩那只举起来表决过死刑的手。如今轮到他自己在杨树荫下悲惨地摇晃着后背，唯恐在深夜里看到刽子手亮起的目光了……（上膛的枪就放在某个地方，就像那时候放在屏风后面的床上。扳机、枪托、枪口和子弹，早在宣判之前就已各就各位。“快辩护呀！”我小声说，却不想让别人听见。这话是对我自己说的：为了以后能自我安慰，我曾经这么说过。而现在的我不禁自问，我究竟真的说过这话，还是听别人说的。当时那条路［他移开了目光］通往一棵茂密的大树。我记得那棵树正在脱皮，我现在倚着的这棵树也在脱皮，还在我手指上留下了一股苦杏仁的味道。我头顶的树枝上也有一只癞蛤蟆在唱歌，就像那个傍晚，那个我以为自己是坐在上帝右边的审判者的傍晚……）他感到恶心，对从那时起经历的一切都感到恶心。他急切地渴望着匍匐到忏悔室脚下，宣称一切都毫无必要，倾吐自己犯下的罪孽。这些罪孽将为他招来远比教会规定的更加触目惊心的惩罚。但一想到这些惩罚可以使其他人迷途知返，不再重蹈他的覆辙，他就深感欣慰。这时他发现，有两个人正慢慢地沿着下坡朝他藏身的地方走过来，便立刻趴在了杨树根上——因为用力太猛，他的牙齿撞到了什么东西，嘴里顿时充满了血腥味儿。“是个醉汉。”年长的那个人弯下腰看了一会儿，嘟囔了一句。“不会是得急病死了吧。”另外一个人不敢朝他这里看，开口道。“明天会有人收尸的。”俩人继续赶路，慢慢走远。在他们眼中，死亡也那么司空见惯。一具僵硬的尸体和一件让人搬来搬去的物件没有什么两样。虽然为了走个形式，不能把死人扔到大街上不管，但尸体搬起来又沉重又不舒服，还是很遭人嫌弃。尸体依然保留着人形，提醒人们他也是在这个世界上活过的生命。这样一个生命应该在树根底下长眠，而不是倒毙在地面上。“明天会有人收尸的。”年长的那个行人已经走远，嘴里还在不住地重复着这句话，仿佛说了这话就可以免于承担叫人来看他一眼的责任。逃亡者站起身来，抖落掉正在袖子里爬的红蚂蚁，蚂蚁的叮咬坚定了他继续向前走的决心，但他马上又停下了脚步，好确认从马路另一边传来的脚步声是不是自己发出来的。晚风掉转了方向，由北向南地吹过，耳畔又响起了从体育馆扬声器里传来的女生合唱，那里面有个声音分外尖锐，一听就是他认识的那位药学系的女学生：“你们快来前厅，做完第二件事情，就像当初做完第一件事情。”有个男声应和着：“别担心，我们一定完成任务。”——可此时立刻又响起了另一个女声，某个厄勒克特拉[1]焦急地怒

① 古希腊神话中阿伽门农之女。

吼道："但要快，你们走哪条路都行！"[①]她唱得很有道理，他的确应该快点儿赶路，尽快赶到那儿，走哪条路都行。而另一个人唱的那句"我们一定完成任务"，也不像是什么凶兆……他已经走到了山顶，眼前的下坡路一直延伸到海边。海平面上的乌云在远方闪电的光芒下翻腾。路上有几座青铜总统雕像，总统们穿着长礼服，威风凛凛地站在花岗岩的底座上，俯视着脚下那些摇着临终祈祷用的小铃铛、沿街叫卖冰激凌和冷饮的小贩。路旁棕榈树的树冠比路灯还高，投不下阴影，所以他必须沿着房子走。终于来到了那条阴暗的小巷，巷子里有一家凄凉的咖啡馆，刷着绿漆的木廊柱像极了瘦版的托斯卡纳柱。他大步流星地朝那座房子所在的街角奔去，却发现整座宅邸已经没了围墙，大理石地面上只剩下几根光秃秃的柱子挺立在从房顶掉下来的一大堆碎石、横梁和灰浆之间。门口的铁栅门和衔着金属环的石狮子都被拆走了，一条独轮车压出来的小道从高处延伸下来，穿过大厅，通向一间用人房，那里面像小山一样堆积着看不出形状的残砖碎瓦，上面还插着几把铁锹。花园里安达卢西亚风格的围栏旁边，波莫纳女神[②]的雕像带着底座和地基，直挺挺地躺倒在溅满了花坛石膏碎屑的狗牙草丛里。一条

---

① 此处对话语出埃斯库罗斯《奠酒人》。

② 古罗马神话中掌管水果、花园和果园的女神。

野狗睡在一块破旧的水桶板底下，板子上面写着一行粗重的大字：

建筑废料，免费赠送。

11

最里面的那间屋子只剩下一堵墙，一辆翻倒的独轮车取代了原来立在这里的雕花柜。柜子上精细地镶嵌着各种图案，其中他尤其喜欢被抛上天又落在毯子上的稻草人[①]和举着杆子的斗牛士。除此之外，他很难回忆起这间办公室里其他的陈设，只记得桌子上放着一只没装墨水的墨水瓶，上面装饰着青铜雕刻的老鹰，旁边还有一叠凸纹熟山羊皮包装的吸墨纸。但当他在一个外面灯光照不到的角落里坐下来的时候，昔日与同伴们生出嫌隙的那一刻，仿佛就发生在眼前。在那件事之前，他们小组完成的所有危险的任务，都洋溢着勇气和忘我的精神，都燃烧着圣洁的怒火。他们教他如何伪造通行证，如何携带炸药，如何把步枪的枪口锯短，再装进去两份小口径霰弹

---

① 西班牙过节的时候，姑娘们会撑起毯子，把塞着稻草的人偶抛上空中，人偶落回到毯子上会再次被弹起来。西班牙著名画家戈雅曾以此题材创作过一幅名为《稻草人》的风俗画。

和一份大口径霰弹；他掌握了密码学知识，先把电码压缩进“HIPOTENUSA”① 这个不带重复字母的单词里，再打乱字母顺序，把它们按照秘密的规则排列起来。他破解过打开的报纸和合上的报纸携带的暗语，还曾在那条从穷人公墓底下穿过，一直通向部长墓室的隧道中，忍着下水道的恶臭，挥着镐头刨掉包裹在腐烂的棺材板上的漂白土，就是为了把所有前来参加葬礼的混蛋都炸上天。“死得好，狗东西。”在那段日子里，每当经过某个匆匆举办的葬礼，看到穿着丧服前来吊唁的人们提心吊胆地穿行在墓碑之间，草木皆兵地抬头望着柏树的树干，他总是满怀怨愤地骂上这么一句。“死得好，狗东西。”他读着报纸上镶着黑框的讣告，觉得上面那句“息止安所”太便宜这些败类了，就又骂了一遍……终于有一天，轮到他开枪了。行动地点就在那条矗立着青铜总统像的大街上。暗杀目标很喜欢早晨的凉爽，命令司机沿着海边一路行驶，惬意地享受着海风的吹拂：他用手指在绿色的车门上打着节拍，无名指上戴着一枚红宝石戒指。追杀者们开足马力冲上前去，在车里纷纷举枪，枪筒没有相撞。“拉开保险栓！”右边的同伴看他是个新手，主动提醒着。那个人的后脖颈离他只有咫尺之遥，就连上

① 意为“斜边”。

面的粉刺印都能数得清清楚楚。随后他看清了他的整张脸：苍白的脸色，求饶的眼神，一声惨叫，子弹齐射。汽车被打成了千疮百孔的废钢铁，在巨响中撞进了陈列在海军英雄纪念碑旁边的某艘古代战船的船头里。追杀者们沿着转角的街道逃之夭夭。"死得好，狗东西。"但是那个晚上，为了忘掉那只抵在枪口上、几乎碰到他的手的长满粉刺印的脖颈，他一直喝到不省人事，像个傻子一样倒在了埃丝特蕾娅的床上。过了不久，他听说有人因为那场命案而平步青云，心中不由疑窦丛生，但他很快就被身边那些巧舌如簧的同伴说得哑口无言，重新坚信一切都是正义的。"革命尚未成功。"他们对他说道。就这样，他一步一个台阶，越来越积极地参与到为官僚们杀人放火的勾当中。早先的愤怒，为烈士报仇的誓言，站在罪人的尸体前想到的那句"HOC ERAT IN VOTIS"，都沦落成了赚快钱的营生和拜码头的手段。那天早晨，他坐在戈雅风格的雕花柜前收下一笔钱，并遵照对方的指示，准备了一本叫什么"演讲家合集"的书，通过邮局寄了出去。第二天，他就在去埃丝特蕾娅家的必经之路——集市上那家咖啡馆的门口——被捕了。他断定警察只是单纯地怀疑，并没有确凿的证据。因为邮寄单据被他藏得很好，整起事件的策划人一听说炸弹在暗杀对象的手里爆炸了，就立刻逃出了城。至于幕后那位大人物，肯定会千方百计地守口如瓶……他还记得有条小路通往城堡的吊桥；黑色的孔洞里挂着生锈的铁链；通往走廊和牢房的那段路永远亮着灯，以防睡在钢管帆布小床上的犯人像野兽一样齐刷刷地躺在地上。刚关进来那两天他无人过问，没有饭吃也没有酒喝（这几个月来他天天买醉），后来终于有人提着灯照亮了他的脸，有人手里握着鞭子，有人嚷嚷着要用牙科医生的手术刀连根拔掉他的大牙，还有人说要踢爆他的睾丸。他接受不了这种酷刑，这简直超越了一切权力和暴力。虽然他杀过人，却从没有阉过谁。可现在他们要阉了他，要活生生地掰断他的命根子，要从全身最金贵的地方剜去他最隐秘的骄傲，剜去彰显他毋庸置疑的阳刚之气的根本。只要几分钟，他就将踏上衰老之路。未来的日子里，他再也不会为谁怦然心动，再也不会像以前那样流连花丛，再也不会为另一个人的肉体而寻死觅活。映在他脸上的光就像手术室里的灯光，照亮了破碎和撕裂的现实。此时正有几个人朝他走来，嘴里说着这么精壮的小伙子，一定要弄伤他、阉割他、废掉他、毁灭他。这番话在低矮的走廊里激荡起响亮得可怕的回声，听得人心惊胆寒。他伸出双手捂住扭曲的面容，四肢一个劲儿地冒着冷汗，感觉身上痛得更厉害了。倘若伤在别的地方，他肯定不会这么痛。现在一切都坍塌了。他还没死就被判了死刑，在余生漫长的岁月里，只能像行尸走肉那样活着，再也没有女人可以拥抱。当第一阵刺痛袭来的时候，他像野兽一样发出了一声长久绝望的哀号。在场的人都觉得他是个胆小鬼，纷纷冲上来扇他耳光，让他闭嘴。当瑟缩的皮肤又一次感到了金属的触碰，他高声呼唤着母亲，像个刚出生的婴儿一样号啕大哭，把嗓子都哭哑了。哭声在喉咙的最深处转为了喘息和抽泣，他抬头盯着头上的白炽灯，灯光在瞳孔里倒映出两个白色的圆圈。他伸手握住自己的阴茎，就好像把这失而复得的命根子重新塞回了血肉里。然后，他开口了。他说的都是对方想听的；他将这些日子的恐怖活动全说了出来，为了减轻罪责，他极力把自己描述成一个无关紧要的小跟班，并供出了所有同伴的名字。他们此时不是在郊区某个别墅里的沙发上睡大觉，就是在餐厅的长桌子上喝酒玩牌，手枪就挂在椅子后面。看他一口气招了那么多，审讯官当真觉得，他对那个把炸弹藏在书里寄出去并致使两个人丧命的阴谋毫不知情，此事应是小组集体行动的结果。看到他一丝不挂地握着阴茎，一个劲儿地坚称再也不知道别的了，他们把他送回了牢房，还赏了他一支香烟，作为坦白从宽的奖励。他又被关了起来，走廊里一直响着走来走去的脚步声。他害怕极了，担心自己会再被他们拉出去审一遍，所以天亮前就给看守递了个口信，要求对方将他被捕的消息通知某位政府高官。半个小时后，从那位高官的秘书室传来了一道命令，他被释放了……他穿过吊桥，慢慢地走下这座堡垒坐落的山坡，刚从地狱走过一遭，面对着黎明中醒来的城市，一种生疏的感觉油然而生，就像一切刚刚复苏，就像重新回到人间。他甚至不觉得饥饿，也不想去那家摆着桃花心木大柜台的酒吧。一大早就上门的顾客会在畅饮之前，先往柜台上洒几滴酒，作为对亡灵的祭奠。鸟儿在微明的晨光下振作起全身的羽毛，放声高歌。一尊大理石圣母雕像站在圣心教堂乳白色的尖顶上，俯视着圣尼古拉斯教堂的土里土气的圆屋顶。此时此刻，许多头发花白、身上挂满念珠的黑人老太太正在这所教堂里听弥撒，向那位穿着紫色粗呢袍子、系着黄色腰带的拿撒勒人①虔诚还愿。清晨的阳光照耀着卡门教堂、圣方济各教堂和梅赛德斯教堂的深红色的马赛克穹顶、金黄色的十字架和古铜色的钟楼。屋顶平台上热闹起来，洗衣女工们开始在雕花围栏上晾衣服。大海延伸到天边，高远的海平线辨不出轮廓，几艘驶过的渔船仿佛飘浮在屋顶上面。重获自由后，他往家中走去，尽情享受着门廊底下的凉意、秤上水果的清香，还有咖啡店烘烤的烟味。他就像一个刚刚出院的病人，新奇地发现了香腻的黄油、酥脆的面包和亮晶晶的蜂

---

① 拿撒勒是耶稣的故乡，这里指做弥撒时穿着祭服代表受难基督的神父。

蜜。他一直睡到了中午才被报童的叫卖声吵醒。今天的专版上刊登着几张照片：大街上横七竖八地躺满了尸体；屋里的家具被推倒了，鲜血流了一地；伤者躺在医院的手术台上奄奄一息；厨房和储藏室的窗户开着——少数几人推开窗子跳到了外面的水沟里。就在那个下午，正当他走在去大人物家的路上的时候——此人的宅邸已经化成了废墟——有人从一辆黑色的汽车里朝他连开数枪。多亏他及时躲到一根柱子后面，才保住了小命。五颜六色的纸卷遮住了汽车的车牌——那几天正好是狂欢节。

睡在废墟里的狗醒了，盯看着头顶的黑影叫起来，叫声并不愤怒，只是单调。它叫了一声又一声，时不时停下来转一圈，企图在够不到的秃尾巴里抓虱子。逃亡者沉重地站起身，沿着独轮车开辟的小道走到大厅。天花板上画着庞贝寓言中的排箫和手鼓，图案已经褪色，肮脏不堪。那条狗在缺了框的门下面等他，还在心灰意懒地叫个不停。“我连被它咬一口都不配。”男人一边想，一边穿过插满了木桩的花园，在踩了一团没入脚踝的石灰泥后，终于回到了大街上。埃丝特蕾娅家离这里太远了，他再也不想沿着树荫和柱子，穿过整座城市走回去。他身心俱疲，四肢瘫软，虽然还能动弹，却好像是被不属于自己的力量驱动着一样。他认命了，不想抵抗，只想停下来等待最坏的结果；但他还在漫无目的地向前走，穿过一条又一条街道，在最熟悉的街头晕头转向。如果不是那条狗一直跟着他，在他脚边顽固而又低沉地叫个不停，他早就躺在树底下睡着了。他想起几块杂草丛生的空地，可以在那里藏身睡一觉，可疲劳的双腿根本走不了那么远。他身上唯一的钱就是埃丝特蕾娅扔回来的那张假钞。无论花在哪里，都会被人拒绝，引起纷争。他以前的住处被其他人监视着。小旅馆需要预先付款，大酒店虽然允许赊账，可他这副模样又过于寒碜。为什么现在没有古代那种“神圣庇护所”呢？就像一本介绍哥特建筑的书中说的那样。啊，基督！如果在这个无尽的黑夜里，至少你的家园能向我敞开，让我抛去笼罩在心头的阴云，躺在中殿的地板上平静地呻吟一会儿……那该多好！啊！就让我拖着石头一样沉重的身体，趴在冰冷的地面上——脸颊贴着冰冷的石头，双手摸着冰冷的石头。身上不烫了，嘴里不渴了，太阳穴不烧了，都是因为这冰凉的石头……

12

夜色里的教堂亮着灯，四周环绕着榕树和棕榈树，白色钟楼上的每一朵花形装饰都在闪闪发光。灯光透过窗檐上的狗牙草，照得钟楼更加修长。彩色玻璃窗在朝他发光，紫绿相间的玫瑰花窗也在朝他发光。中殿的大门突然打开，一条深红色的毯子通向点满蜡烛的璀璨祭坛。逃亡者慢慢地走近这座收留他的家园：他穿过侧廊的尖型穹顶，在一根熏了香的石柱前眼花缭乱地站定，伸出双手把清凉的圣水捧到额头和嘴边。一架管风琴轻轻奏起，好像有人在测试高音。那边的雕花祭坛上竖着十字架，上面色彩鲜明地画着耶稣的圣体。看来自己的祈祷真的应验了，他惊讶得目瞪口呆，从那本小书里学到的祈祷词一句都背不出来。他只是站在那里看着，目不转睛地看着在这恐怖的黑夜里专为自己点亮的一切。他在一根根柱子中穿行，就好像以前在一棵棵树木中穿行——就这样怯生生地、一步一步地走到圣餐桌旁。每走一段路，每停一次步，心中的恐惧便纾解一层。最后他终于浑身轻松地停下了脚步，惬意地深吸着空气中融化的蜡烛味道，还有新修复的那幅《最后的晚餐》的清漆味道。他用手指抚摸着布道坛的栏杆，抚摸着告解室的木头，就好像在抚摸着一件珍贵的宝贝。当他拖着愈来愈能忍受痛苦的肉体，沿着神秘的圣龛走向钉在十字架上的耶稣，看着他的鲜血从钉子和王冠上的荆棘里流出来，滴在覆盖着鲜花的桌布上的时候，他心中第一次明白了——感受到了——教堂的意义……“您是客人？”一个声音轻轻从背后传来。“我是客人。”他回答道，没有转身，听着那人的脚步悄悄走远。但是，就在他身后，突然响起了一阵嘈嘈切切的人语。那声音越来越响亮，从前厅一直传到穹顶下。此时他已经快要走到圣器室了，这阵响起在耳畔的声音，令他在目眩神迷地飞升到宇宙巅峰的时候重新恢复了听觉。衣着明艳的女人、西装革履的男人、手捧花束的女孩，齐齐拥进了门：他们没有看他，也看不见他，每个人都在灯光下挥舞着裹在缎带和绸子里的向日葵花束。逃亡者终于明白为什么教堂里晚上还亮着灯了：现在新娘马上就要抵达，庄严的进行曲马上就要奏响，新郎马上就要把十三枚钱币[①]交到妻子手里，双方马上就要交换戒指。待到礼

① 根据西班牙语国家传统习俗，新郎在婚礼上要送给新娘 13 枚钱币。

成之后，宾客散去，教堂里才会熄灯，那时候就会有人听他说话。教堂是他的避难所和庇护地，神父一定认识那位家里刚刚被夷为平地的大人物。等向他打探出那些可怕的真相，他就把所有事情都说出来，就像毫无隐瞒地向上帝说出来一样。也许忏悔神父会向他伸出援手。管风琴奏起了婚礼赞的旋律，宾客们簇拥着一对新人走向圣坛。逃亡者躲在礼拜堂的阴影里，跟着司仪神父的动作，像做梦一样参加了整个仪式。哪怕他告诫过自己一百遍，此时表现出不耐烦是在亵渎神灵，十字架下面发生的一切都轮不到他来说三道四，可他还是觉得，各种各样的仪式和布道怎么永远都看不到个头。管风琴再次奏起了激动人心的圣乐，人群拖延了很久，终于开始离场。灯光渐渐熄灭，随着远处的大门慢慢关上，主殿重新陷入了黑暗中。几个勤劳的人影正在弯腰卷起地毯，还有几个人在收起装饰，重新把椅子摆成一排。当这些人做完活计也要走的时候，一切都安静下来：这巨大的安静映着长明灯的烛火，隐约照亮了墙上的宗教画：主显节的基督、流血的基督、与信徒们共进最后晚餐的基督——画布上新涂的清漆泛着碧玉色的光……圣器室里有人在关柜门，时而传来轻微的金属碰撞声。他在门外站了很长时间，不敢进去。但是门框上突然出现了一个肥硕的身影，穿着浅色袍子的神父一边高声喊着“谁在那里”，一边向沉重的烛台伸出手去。逃亡者从黑影里走出来，生怕自己被当成小偷。为了自证清白，他从口袋里掏出了印着卡勒多拉巴十字架的小书。神父满腹狐疑地看着他，稍微摆出一副自卫的姿态一动不动。他突然双膝跪倒，用哆哆嗦嗦的双手紧紧地握住深色封皮的小书，打算向神父开口。但抽泣打断了他的言语，他词不达意，反反复复说的都是什么有罪、什么厌恶自己的疯话。神父目瞪口呆地听着这个嘶哑的声音时而痛哭时而喘息地说着自己犯下了见不得人的罪孽、活该下地狱，却根本不想弄懂他话里的意思。作为一名职业神父，他见惯了精神有问题的疯子。有些人会交叉着双臂在痛苦圣母像底下跪上整整一天，声称要把圣母胸膛上的刀子都插到自己身上。有些人会一个劲儿地讲述自己魔障的幻觉，说得好像真经历过似的，一旦被赦免了便卷土重来——他们每天早晨都去一家不同的教堂，在那里说一套同样的鬼话。还有人胸前挂着各种圣母像章，在教堂的地板上一路跪着走，在圣周游行时走火入魔地非要帮那些苦行者抬棺。但同样也是这些人，一生病便去参拜那些起着野蛮人名字的假圣母和生着黑人脸的假圣徒。“你早晨再来吧。”神父想到这些奇形怪状的信徒，对跪在他脚下的人说道。对方越是不肯走，他越是一遍遍地坚持：“早晨再来，早晨再来，早晨再来。”他说得越来越急，语气从不耐烦渐渐变成了愤怒。这时他的目光突然落在了从那人身上掉到地板上的印着卡勒多拉巴十字架的小书上。这种书虽然具备正规可靠的“出版许可证”，但又经常在那些巫术用品的小店里，和那些穿红衣服的木偶、画着神圣十字架的放牧铃铛、生着海螺型眼睛的陶土人头一起售卖。虽然祈祷文是好的，但是念祷文的人一门心思地想着些乱七八糟的异端学说，为自己祈求着在教堂里不允许祈求的东西。想到这里，神父气得满脸通红。他一把拎起跪在地上喋喋不休的逃亡者，不由分说地把他从摆满了箱子的圣器室一路拖到一直关着的高大后门。“明天早晨再来，”他放柔了语调，最后一次说道，“记住，不许吃饭，十二点以后，什么都不许吃。”门后响起了几转锁门的钥匙声，门板紧紧地锁上了。教堂正面的灯光完全熄灭，玫瑰花窗暗淡下来，整个建筑同周围的棕榈树和榕树在夜色中融为了一体。一阵风起，带着雨意，突然吹得树梢沙沙作响。“十二点以后，什么都不许吃。”

13

他又回到了街上，一路跌跌撞撞，跟什么都过不去——人行道伤害了他，树根伤害了他，碰到脚上的那块石头也伤害了他。他现在只剩最后一个念头：老太太棺材旁边的大蜡烛还亮着，一直会亮到黎明。那里的人都见过他，不会再有新面孔冒出来。他会爬上楼，再一次握住亲朋好友的双手，重复一句“节哀顺变”，之后就躺倒在那张草甸子上，不管里面如何推门也不开。直到葬礼结束，都不会有人来打扰他。望楼离这里不远，现在他所在的这条街，就是那家后院里停着马车的皮革厂，还有那家做请柬的印刷厂所在的地方。他又一次鼓足了力气，加快了脚步，正在这时，一双紧张的手从后面抓住了他的胳膊肘。他认命了，正准备引颈就戮，耳畔却响起了一个熟悉的声音：“我想给真正的男人一个拥抱。”好友“奖学金”摇摇晃晃地放开了他。“奖学金”喝醉了，脸上带着事不关己的平静，嘴里却奉承说，要为那些在这样艰难的日子里还依然保留着英雄气概的勇士立一座纪念碑。“我们需要用鲜血凝成的兄弟情。”他做了一个开枪的手势，请求好友下次行动时把自己也带上。逃亡者被他拉到了一个灯火通明、人满为患的小酒馆里。“给我点儿吃的。”他坐在一棵松树的影子下面哀求着（他看了看表，距离十二点还有一段时间。他想向某个人证明，现在吃点东西，并不违反对那些呻吟着想靠近圣餐的教徒的规定）。可是“奖学金”把他的话忘了个精光，只带回来一瓶烧酒。之后俩人又去了道路尽头的大海。巨浪拍打在礁石上，发出低沉的轰响……现在他们正肩并肩地坐在老旧的公共浴室里，长方形的蓄水池开凿在岩石上，潮水沿着一条布满了黑黝黝的刺海胆的窄道冲上来，在池子里化为无形。这是一座木头房子，屋顶在没有立柱支撑的地方塌陷下去。一阵大风吹来，所有缺了钉子的木板都在吱吱嘎嘎地作响。一道磷火突然照进大游泳池，就好像一条绿色的洗衣污水，照亮了被侵蚀成蜂窝一样的池底。潜藏在那里的黑色海鳝从长着毛的帽贝堆里探出头来。绿光消失了，一切又陷入了昏暗中。“我们应该重回人祭的时代，”——“奖学金”还在胡说八道——“我们应该重回那些古代的神庙，祭司会先把新鲜心脏里的血水榨干，再把它扔到废物堆里。那里堆积着经过同样方法处理过的心脏；我们必须恢复活人祭祀的那种神圣的恐怖，重回穿透血肉、取下肋骨的燧石时代……”

逃亡者早就习惯了“奖学金”的夸夸其谈。俩人曾经在省里同一所中学读书，当年共同畅谈对未来的伟大设想时，他就是这副德行。“我们是这个世界的人，”——他还在天马行空地瞎扯，舌头越来越不听使唤——“我们必须重返最原始的传统。我们需要军事领袖和牺牲者，需要鹰派绅士也需要豹派绅士，就像你。”此时，天空中一连劈下好几道闪电，刹那间照亮了这座罗汉松木搭起来的简陋浴室。被白蚁啃烂了的木板上染着一层肮脏的绿色。两个人躺在一处浅水洼边上，搁浅的海藻、晒死的水母，还有海水上漂着的城市垃圾混在一起，散发着难闻的味道。“我饿了。”——逃亡者趴在地上呻吟着。“饥饿是好事，”——“奖学金”说道——“在咱们这座城市里，脑满肠肥的人太多了。”紧接着他又开始滔滔不绝地夸赞起古代的苦行僧和那些对苦修的考验，把他们抬高到骑士团一般崇高的境界。而此时他那位同伴却已经精疲力竭，只拿他醉醺醺的胡话当耳旁风，压根儿懒得想他到底瞎说了些什么。此时这可怜人唯一感到心满意足的就是，自己身边的这个人不会带来危险。“奖学金”把酒瓶递给他，但是，一想到自己要把这口既不黏稠，也不厚实，还无法像硬物一样被咀嚼和吞咽的热辣辣的液体喝下肚，他就感到一阵恶心。为了不被酒味熏得吐出来，他只好用手捂住酒瓶颈，再鼓起腮帮子咂吧几下舌头，假装自己喝下去了。“超人……”——“奖学金”还在振振有词——“超人……权力的意志。”他开始用碎片一样的语言阐述一个深奥理论，时不时愤怒地哼哼几声，或者对着空气骂几句含混的脏话。他越说越迷糊，自己都没法再继续下去了。逃亡者决定好好睡一觉。“奖学金”已经把酒瓶喝空了，他也会躺下睡一觉，就算离开，也记不起来自己去哪儿了、跟谁在一起。于是他解开腰带，放松脖颈，把过于沉重的手枪放在地上，闭着眼睛仰面躺下。“奖学金”的声音渐渐远离了耳畔，就好像昏昏欲睡的孩子渐渐远离了催眠曲，任由那些歌词慢慢消失得无影无踪……他正在不安分的梦里挣扎，却突然被“奖学金”抓着胳膊摇醒过来。在他们身边，一对男女正缠绵成同一个影子。男人向女人低下头，两双臂膀热烈地缠绕在一起。一道闪电劈下来，他们看到两个人都是黑人。女人的衣服飞上了天，伸展着两只袖子从空中飘落，散发出一阵须芒草的香气。男人抱紧她的腰肢，在石凳上突破了她的防线。又一道闪电劈下来，瞬间照亮了正在变化中合二为一的人体。这低吼中的阴阳交合，与其说只是一个极乐的拥抱，不如说更像是在完成一项流血的仪式。突然，合在一起的身体从椅子上滚了下来，却好像一个摔到地上的酒囊一样，依然严丝合缝，没有分开。“这就是我们的力量！”“奖学金”大声喊道，“这就是我们的力量！”两道黑影从地上站了起来。男人气势汹汹地向他冲过来，女人躲在角落里，想拿回自己的衣服。逃亡者溜到了大街上，听着身后一阵拳脚都打在松软的肉上，心里想着“奖学金”只有挨揍的分，绝对还不了手。突然，雷声轰鸣，大雨倾盆而下。温热、绵密、迅疾的雨点冲刷着高处，成块的灰尘落满了地面。逃亡者在瓢泼大雨中朝望楼所在的老宅一路狂奔。但雨下得太大，从屋檐上落下，从瓦缝里溢出，像水柱一样浇在人行道上。他的心里突然泛起了一丝模糊的直觉：自己穿着深色的西装，应该保持住最后的体面。在这个念头的驱动下，他躲进了距离音乐厅不远的咖啡馆。有两位顾客看到他进门，马上站了起来。逃亡者一看他们专注的目光、缓慢的起身动作、伸向靠近心脏口袋的手，便知道对方是来向自己索命的。他想去摸手枪却没摸到，双手顿时哆嗦起来：原来他把手枪忘在公共浴室的地板上了。此时一辆救护车正鸣着汽笛全速驶过：这个有罪的人惊恐万状地朝音乐厅方向狂奔，终于冲到了车头前方。救护车猛地刹住，停在了逃亡者和那两个正在把手伸进靠近心脏口袋的杀手之间。

III

1

（……音乐家捧着像巨型弹簧一样的乐器，结束了那段表现受洗的猎狗和狩猎弥撒的曲子；紧接着是一阵沉默，我在望楼时曾多次听到过。那时候的孤独太可怕了，区区一个爬到和我阳台同高的地方、拾掇那团缠着绿植的电话线的修理工，都像是夺命的死亡天使；停顿过后是另一段音乐，小步雀跃着，就好像小孩子玩的玩具，随着两根平衡的木棒一上一下地运动，两个玩偶依次用小锤敲击着一只大锤；现在他们马上就要演奏几段破碎的华尔兹，还有带着颤音的长笛，紧接着是小号，长长的小号，和我第一次领圣餐时看到教堂管风琴上的金色天使嘴里吹着的小号一个样。还有几分钟，最后几分钟，全场即将掌声雷动。灯光亮起，满眼通明。那时候我必须从五扇门中选一扇溜出去，三扇门在后面，可以并作一扇；两扇门开向公园，也可以并作一扇；那两个人在外面抽烟等着，手上严阵以待。我必须混在人堆里离开，一定要跟身边的人一起走。但他们马上就会彼此交错，四下分散。披狐皮的女人很快就会消失在视线外；旁边那个男人会一个人穿过公园，一个人。因为他是一个人，所以毫无用处。前面的人也会离开——我不想再看到他的脖颈；左边那个长吁短叹的男人，还有那个喜欢抖膝盖的高个子，还有那对皱着眉、握着手听音乐的情侣，都会离开。只剩我一个人站在没有尽头的人行道上。花岗岩地面又湿又滑，不适合奔跑；只剩我一个人，在无人的场地，手无寸铁地面对着那两个杀手，他们现在确实有时间把手伸到靠近心脏的口袋里，不慌不忙地瞄准，扣动扳机，清空枪膛里所有的子弹。啊！曾几何时，当我举枪向那个人瞄准的时候，他的号叫，他翻滚在地时看着我的目光，他长满了粉刺印的脖颈——与我眼前的脖颈几乎一模一样，它离我更近……外面那两个人，等着要我命的人，也看向那只生着粉刺的脖颈——不要看它，不要看。“拉开保险栓！”——其中那个高个子曾经这样叮嘱过我。他从来都不会忘记在这时候应该做什么，事后还会规划好逃跑的方向：“右拐，一直右拐”“绕过卡车”“左拐”“现在进隧道”“小心”——按他指的路走，从来都碰不到路障、警察局或者铁路栏杆；现在高个子就在外面，等着全场掌声雷动，灯火通明。他站在可以同时看到五扇大门的角落里，眼睛不是盯着那三扇可以并作一扇的大门，就是盯着那两扇可以并作一扇的大门。“拉开保险栓”——当掌声响起，灯火通明，看门人像洗扑克牌一样拉开红色的门帘，挂帘子的金属环铮铮作响时，他还会这样叮嘱身边的同伴……笼罩在阴影里的包厢上上下下都是红色的；裹在椅子上的红色锦缎；包在栏杆上的洋红天鹅绒；酒红色的地毯；包厢就像屋子，就像卧室，就像边缘高高的大床。我会躺下来，躺在散发着灰尘味道的地板上，双颊蹭着墙角的图钉，把脑袋埋进黑暗中，把双腿蜷缩在椅子下面，就好像蜷缩在屋檐下，蜷缩在像裁缝店的红瓦一样红的屋檐下。我会像狗一样躺在舒适、包容、松软的地板上；就像童年下雨时躲在用木板、铁片和纸壳搭起来的小屋里，身旁簇拥着一群淋湿的母鸡。到处都在泛潮、冒泡、渗漏——就像现在一样。我躲在昏暗里尽情享受着孤独。虽然听到了大人的呼唤，也明知道他们找错了地方，却一声也不吭……现在演奏的是那几段破碎的、永远不能成为华尔兹的华尔兹，还有长笛的颤音；接下来是小号声，长长的小号声。身旁的女人已经裹紧了她的狐皮，她以为大家此时都在朝台上看，便趁机解开了裙子底下一件碍事的内衣。观众们仿佛都置身于教堂里，聆听弥撒仪式最后的“遣散礼”，几乎无人察觉到伸向身体的双手、衣袖和手指，也几乎无人察觉到有人在起身清点随身物品。我深深吸了一口气，心平气静，十分地心平气静。我终于明白了非常容易、无比容易、容易极了的一件事，也是唯一容易的一件事：我不出去。观众们马上就要鼓掌，灯光马上就要亮起，灯下的人群会乱作一团，大家都会拿起自己的东西，披上自己的毛皮；都会小心地擦亮身上的珠宝，在队伍尽头告别，称赞一切都棒极了。他们会成群结队，排着队走向出口。所以很容易藏在包厢的帘子后面，等着人群都走光；等着看门人检查完座位上有没有观众丢下的东西，关掉包厢的门。而那两个人也会跟着混乱而隐蔽的人群一起出去。他们会觉得，我的脸混在那么多张面孔中，被他们忽视掉了；我的身体跟那么多人的身体混在一起，没有被认出来；他们会在外面找我，去咖啡馆找，去花园找，去大树后面找，去柱子后面找，去皮革厂的那条街找，去印请柬的那条街找；也许他们会想到，我会去老太太家，混在一群守灵的黑人中；也许他们会上楼，会看到老太太的尸体蜷缩在劣质的棺材里；也许他们会去望楼找我，但不会怀疑我那些清白的东西，我的圆规，我当初画的那些画，都藏在那个箱子里。他们不会想到我一直都留在这里。没有人会在演出结束后还留在剧院里。没有人会留在黑暗中空旷的、没有人表演的舞台前。等到他们锁上那五扇带着门闩和挂锁的大门，我就躺到包厢底下的红地毯上——后排包厢观众已经起身了——像狗一样蜷成一团。我要一觉睡到黎明，睡到十点之后天光大亮，睡到晌午过后。睡觉：首先要睡觉。再睁开眼就是新的一天了。）

2

紧接着这首奇妙的、带着旋风和武器的谐谑曲的，是赞颂欢乐与自由的终曲。在这首欢庆与舞蹈的赞歌中，既有荡气回肠、欢声笑语的进行曲，也有蕴含着丰富回旋的变奏曲。而就在这其间，死神再一次出现了，出现在胜利的那一端，但又一次被胜利所拒绝。他的声音湮灭在欢乐的叫喊声中……管弦乐器从“快板”的最强音里落下，现在轮到两侧的铜管乐器奏出欢快的协奏。“我可以开门了吗？”引座员问道。他看到售票员愠怒地合上一本厚书，丝毫没有留意磨损的锦缎窗帘外面奏响的音乐。今晚的每一件事情都令他恼火：错过了交响曲；唯一的西服泛着雨水的霉味；跃动的肉体依然在手上留着余温；心跳里潜藏的情欲；对无法克制的欲望的怨愤；黯淡贫困的生活——“在栅栏后面……”；还有那间等着他下班的凄惨而凌乱的屋子，保准会让他的失眠更加痛苦。今晚开始于他在埃丝特蕾娅耳边的低语，他希望和从前一样。可她还喋喋不休地说起什么宗教裁判所，还有一些威胁的话；她一定是出卖了某个信任她的人，那个家伙忘了，婊子就是婊子，垃圾就是她的姓；她一定是因为出卖了别人，才稀里糊涂地念叨什么“我不去女子监狱；我不要被赶出这条街，他们连我跟谁找乐子都要打听！”而自己当时听她说了那么久，却被情欲冲昏了头脑，一句话都没听懂。他一拳打在抽屉上，不停嘴地骂着脏话。自从他因为缺了几个钱，被她扫地出门后，再也没有什么声音比这痛骂声听起来更痛快的了。紧靠着左手边那本《贝多芬：伟大的创作时代》的，是印在镶底框的海报上的《全国演出规定》：售票员应提前清点票款，纠正和澄清金额上的错误和问题，并在下班前上缴核算过的金额。因此，必须提前半小时关闭售票亭。天又下起雨来，雨滴落在周围的树木上、人行道上、花岗岩台阶上，与剧院里响起的掌声交织在一起。“开门吧，”售票员一边说，一边把钥匙递了过去，“这个指挥糟透了，他这首交响曲绝不会只有四十六分钟。”他望着老太太的天台，立刻又开始说服自己，死者绝不是她。人群急匆匆地拥出了大厅。天文台已经预报过，这几天会有坏天气，大家都害怕海风带来的暴雨。侧门已经关上了，只剩下几个举棋不定的听众，站在前厅的镜子和寓言画前面讨论着今晚的演奏。

这时，两个一直坐在倒数第二排的观众慢慢地站起身，穿过渐渐熄灯的池座，在一间黑暗笼罩的包厢栏杆上探出身子，朝地毯上开了一枪。几个乐手闻声跑回舞台，头上戴着帽子，手里抱着乐器，还以为刚才听到的是暴风雨中的雷鸣。没错，就在枪响的那一刻，确有一阵轰隆隆的雷声在剧院顶上久久地回荡。“又死了一个。”刚赶来的警察踹了尸体一脚。“他还是个假钞贩子。”——售票员一边说，一边掏出了那张印着闭眼将军的钞票。“给我吧。”——警察看了一眼，那是张真钞——“我会记录在案的。”

加拉加斯，一九五五年二月二十日

反英雄的主题与结构性的崇高

（代译后记）

一、音乐与文学

古巴作家阿莱霍·卡彭铁尔不但是杰出的文学巨匠，也是优秀的音乐理论家。他从小随母亲学习钢琴，后来还修习过乐理、和声和编曲。他的音乐史专著《古巴音乐》是一部享誉世界的杰作。除此之外，他还发表过大量音乐评论，甚至亲自谱写过钢琴曲和室内乐。他对古巴黑人音乐尤为关注，大力提倡本土音乐家们从黑人音乐的节奏和旋律中汲取营养，而不是一味地模仿欧洲潮流，这与他在文学上的主张颇有异曲同工之妙。渊博的音乐造诣极大地启发了卡彭铁尔的文学创作，他的很多作品，如《消失的足迹》《圣雅各之路》等，都蕴含着丰富的音乐元素。在他所有作品中，中篇小说《追击》也许是最能体现出音乐与文学之间的密切关系的一部。

《追击》的创作灵感源于一段真实的经历。1941 年至 1942 年间，古希腊剧作家埃斯库罗斯的悲剧《奠酒人》在哈瓦那大学剧院上演，卡彭铁尔担任了该剧的音乐改编。演出期间，他一直待在剧场旁的小亭子里控制音效（这个细节令人不禁想起《追击》里的售票亭）。当台上演到克吕泰墨斯特拉被杀死的情节时，台下突然传来一声枪响，有人倒在了血泊中。枪杀引发了一阵骚动，但观众们很快恢复了平静。演出继续进行，亭子里的卡彭铁尔也始终没有中断手上的工作。这出现实中的血腥悲剧，恰巧嵌套在另一部文学悲剧之中，令他深受震撼，多年后依然难以忘怀，终于萌生出以此为题材创作一部小说的想法。那时候他正在委内瑞拉一家电台工作，对音乐的同步、和声，以及戏剧配乐深感兴趣，便有意识地将上述理念糅进了自己的创作中。他想尝试着将小说的情节嵌套进一个特定的时段内，所有人都知道这个时段大致包含了多少分钟。后来他突然有了灵感，将演奏时长在五十分钟左右的贝多芬《英雄交响曲》设为了这个时段，并把自己亲历的那场枪杀与20世纪30年代初马查多独裁政府垮台后混乱的社会现实联合起来，从而勾勒出《追击》的主线。小说的不少情节就发生在当年的枪杀现场——哈瓦那大学。其中一段情节提到，主人公在逃避追杀时，恰巧路过正在上演《奠酒人》的校园。他昔日的同学吟唱着克吕泰墨斯特拉之死的片段，那段歌词恰好预示了躲不过的死亡。

《追击》的篇幅不长，只有四个主要人物：一个在大学里参加激进组织，却因出卖同伴而遭到追杀的逃亡者；一个出身寒微却怀着崇高音乐理想的音乐厅售票员；一个和上述两人都发生过关系的妓女；另外再加一个开篇不久就去世的老太太——她既是逃亡者的房东和奶娘，又是售票员的邻居。四个人的命运因为一系列的机缘巧合纠缠在一起。逃亡者为了躲避追杀，仓皇闯入了正在演奏《英雄交响曲》的音乐厅（即哈瓦那著名的阿玛德奥·罗尔丹音乐厅，得名于古巴的世界级作曲家、指挥家阿玛德奥·罗尔丹·加尔德斯），在耳熟的旋律中陷入了纷乱的回忆。虽然他奋力挣扎，但终究难敌命运的摆布，在演出结束的时候，被追杀者一枪毙命。

这部小说的结构是奏鸣曲式的：第一章是呈示部，包含售票员、逃亡者和妓女埃丝特蕾娅三个主题；第二章是展开部，围绕着呈示部的三个主题衍生出十三个变奏，这些变奏犹如一块块碎片，渐次拼出了故事的全貌；第三章是快板的尾声，也是三个主题的再现。卡彭铁尔认为，这种“两男一女三主题”的音乐结构很有意思，可以转化成多种形式，运用在不同的作品中。比如他后来创作的长篇小说《光明世纪》，就再次沿用了类似的结构。

时间是卡彭铁尔始终深感兴趣主题。他笔下的时间，忽而倒流，忽而回闪，忽而循回往复，就像万花筒一样变化万千。而《追击》中的时间，就好像随意伸缩的弹簧一样，既是精准的，又是灵活的。精准在于，从第一章开头主人公冲进音乐厅，到最后一章结尾他被暗杀在座位上，首尾情节线的时长严丝合缝地吻合了《英雄交响曲》四十六分钟的演奏时长。灵活在于，

《英雄交响曲》四个乐章的客观演奏时长（即前文所提到的“特定时段”），和读者阅读时主观感受到的时长，是非常不一样的。如果细心阅读就会发现，小说非常明确地点出了每一个乐章从什么时候开始，又从什么时候结束：前三个乐章在两个章节之内（第一部分第二章和第三章）就已经演奏完毕，而变奏曲式的第四乐章，伴随着主人公如变奏般发散的回忆，从第二部分的开头丝丝缕缕地延伸到小说的结尾。卡彭铁尔说过，《追击》的故事发生在四十六分钟内，而读完全书需要三个小时。从这个角度上看，读者相当于花费三个小时，欣赏了一首通常在四十六分钟内演奏完毕的《英雄交响曲》。卡彭铁尔用他的文字重新定义了每个乐章的时长：前三个乐章飞速掠过，如同用了快放，比原曲短得多；而第四乐章里每一个简短的变奏都在丰富的文字里纤毫毕现，如同用了慢放，比原曲长得多。

说到小说中的时间，还应该提一下《追击》中唯一交代了姓名的人物——埃丝特蕾娅。卡彭铁尔作品中每个人物的名字都有特殊含义，而“埃丝特蕾娅”在西班牙语里的意思是“星星”。星辰代表永恒，所以埃丝特蕾娅家里没有钟表。“今天”在没有日期的欲望里周而复始地轮回。来她家里的那些男人，“带着一模一样的表情和欲望，用一模一样的话语赞美她异常鲜活的肉体”。如果我们再往远处联想一下，这位妓女的家——

"星辰之地"——恰巧与伟大的朝圣者之路的终点孔波斯特拉[①]是同一个意思。这个意味深长的反讽暗示了人类亘古不变的追求、诱惑和堕落，以及周而复始、无可逃避的命运。而逃亡者和售票员，也像卡彭铁尔另两篇短篇小说——《圣雅各之路》和《宛如黑夜》的主人公一样，只是同一个模子刻出来两个殊途同归的复制品罢了。

在作曲理念之外，《追击》中还穿插了另一条与音乐息息相关的暗线，就是售票员阅读的罗曼·罗兰五卷本的《贝多芬：伟大的创作时代》。小说第一句话是贝多芬亲笔为《英雄交响曲》题写的献词。这部作品原本是献给拿破仑的，但在完稿后不久，竟传来了拿破仑称帝的消息，彻底击碎了贝多芬对革命的美好幻想。极度失望之下，他一边怒吼着"他也不过是个凡夫俗子"，一边抹掉了献词中拿破仑的名字，将其改为"英雄交响曲：纪念一位伟人"。

与气势磅礴的《英雄交响曲》相反，《追击》是一部典型的"反英雄"题材作品。三位主人公，要么满怀革命理想却堕落成叛徒，要么向往崇高的艺术却敌不过肉欲，要么一心向善却出卖了他人。就算是被贝多芬视为"解放者"的拿破仑，也逃

---

① 这个词在拉丁语中就是指"繁星之地"，见《时间之战》第 86 页注释①。

不脱历史的周期律，从天下为公的伟人堕落成权力熏心的匹夫。从这个角度上讲，他的命运与小说中的三位主人公如出一辙，都代表了卡彭铁尔对人类未来的悲剧性看法："一个人——也许是所有人，是无力达到与自己的历史命运相匹配的高度的。"①

二、历史与革命

除音乐外，历史与革命也是卡彭铁尔非常感兴趣的题材。他的代表作《人间王国》和《光明世纪》都以史诗般的笔墨，生动详实地描绘了在法国大革命和启蒙主义思想的影响下的拉丁美洲和加勒比地区恢弘壮阔的革命风云和社会图景。与上述作品相同，《追击》也是一部描写革命的作品，但这一次卡彭铁尔把目光投向了20世纪30年代初，那段日子并不遥远，与小说的出版（1956年）仅仅相隔二十年。

1924年，格拉尔多·马查多当选古巴第五任总统，1928年连任。马查多曾是古巴独立战争的英雄，可登上总统宝座不久，便沦落为飞扬跋扈的独裁者，对内限制新闻自由，迫害进步人士（卡彭铁尔本人就因签署一份反对独裁的宣言而被捕入狱），

① 《我们的作家》，［智利］路易斯·哈斯著，陈皓等译，人民文学出版社2024年版，第15页。

对外推行亲美政策，大力引进美国资本，将古巴的经济命脉拱手送到了美国垄断资本手中。马查多政府的倒行逆施激起了古巴人民的强烈不满，社会动荡日益加剧。美国试图调和政府与反对派之间的矛盾，却导致了更猛烈的反对声浪。1933 年 8 月 24 日，马查多被迫下台，流亡美国，1939 年病逝于迈阿密。

在推翻马查多独裁统治的斗争中，青年学生始终冲在最前线。小说中逃亡者回忆自己第一次参加学生游行，遭到血腥镇压的情节，就取材于 1930 年 9 月底发生在哈瓦那大学附近的一次著名的流血事件。因为学生运动过于激进，马查多政府不得不在 1930 年底强行关闭了哈瓦那大学，直到 1933 年中旬才恢复正常。

在 20 世纪 30 年代的古巴，最有影响的左翼学生团体是成立于 1931 年的“ABC”组织。他们起初只是在报纸上发表反独裁的文章，但随着斗争日益剧烈，其立场愈来愈激进，直至付诸暴力。ABC 的成员们分成多个秘密行动小组，利用改装枪支和邮件炸弹，暗杀了多名独裁政府和军方的高级官员，因为受害人过多，当局不得不禁止军官们接受邮政包裹。被暗杀的官员中包括当时的秘密警察局长米格尔・卡沃，ABC 对他实施了两次暗杀。1932 年 1 月，他们在一所宅院里安放了炸弹，假装报警，将卡沃引来，随后将整座宅院炸成了废墟，虽然爆炸时卡沃不在现场，躲过一劫，但他的幸运只延续了半年。1932 年 7 月，他在沿着海滨大道去警局上班的路上，在海军纪念碑附近遇袭身亡。1932 年，ABC 还枪杀了参议院议长兼热门总统候选人巴斯克·贝略，但贝略之死只是他们连环暗杀计划的第一环。他们的最终目标是在哈瓦那的哥伦布公墓下面挖一条地道，把炸药放置在贝略的坟墓下面，等到马查多总统和全体内阁成员参加葬礼的时候，从地下将其引爆，把整个独裁政府一锅端，只因贝略夫人在最后一刻决定将丈夫的遗体运回老家安葬，这个胆大包天的暗杀计划才未能得逞。以上这些真实事件，都能在《追击》里找到对应的情节。甚至“大人物”的别墅被炸成一堆瓦砾的样子，都是卡彭铁尔对着卡沃第一次遇袭时那所被夷为平地的宅院照片描摹下来的。另外值得一提的是，虽然很多 ABC 组织的成员加入了共产党，但他们对马克思主义的认识非常浅薄。而当时的共产国际把宣传和发展党员作为全球路线，不支持武装斗争。古巴共产党教条地执行了这条方针，遭到了很多学生的抵制。但也正是因为在理论和实践上都缺乏强有力的领导，这些年轻人充满理想主义的抗争最终沦为街头黑帮般的乱斗，甚至成了少数人党同伐异的工具。所以，当《追击》中的逃亡者从手提箱里翻出自己的党证时，会觉得那是“最后一道避免他误入歧途的屏障”；而他入党后的主要的活动，无非是参加基层会议和学习苏联经验。不熟悉古巴历史的中国读者读到这些细节可能会产生疑惑，特此借“译后记”说明一下。

除了20世纪30年代的政治背景，《追击》中的人物也不乏真实的原型，最重要的一位要数古巴近代史上非常出名的叛徒何塞·索雷尔。此人曾是ABC组织重要的领导人，在斗争中身先士卒，威望素著。他被警察秘密逮捕后，供出了好几位同志的下落，并被作为“卧底”悄悄释放。在之后的日子里，他一边源源不断地向当局出卖同志和行动据点，一边依然像个英雄一样，每次行动都舍生忘死地冲在最前线。马查多政府垮台后，同伴们在警察局的档案里发现了他变节的铁证，几乎不敢相信自己的眼睛。索雷尔在叔叔家里躲藏多日才被抓捕到。当时他手上有枪，却放弃了抵抗，并毫不隐讳地坦白了所有罪行。马查多政府倒台后的那几年，正如《追击》中所述，“是审判的日子”。很多像索雷尔这样的告密者被揪出来，遭到了清算。虽然从道义上讲，这些人应该受到惩罚，但从程序上看，他们并没有经过法庭审判，都是被私刑处死的。索雷尔昔日的战友们念及旧情，希望他自杀，但他以“叛徒就必须被处决”为理由，坚决要求组织枪决他。旧友们动手时心情复杂，眼含热泪。他死前要求忏悔，但行刑者找不到神父，终未满足他的遗愿。索雷尔集叛徒与英雄为一体的双重人格充满了难以理解的矛盾，体现了复杂的人性，也吸引了文学家的关注。《追击》里，逃亡者回忆当年审判和处决那个叛变的前战友的情景，以及他本人作为第二个叛徒，在望楼里的躲藏，包括多次企图求助于宗教却未能如愿的种种细节，都是从索雷尔的真实故事中获取的灵感。

另外一位隐藏在《追击》里的著名人物依然与音乐有关。奥地利指挥家埃里希·克莱伯，20 世纪 30 年代任柏林国立歌剧院常任指挥，后因同情被纳粹迫害的音乐家而愤然辞职，转向拉丁美洲发展，1943 年至 1947 年担任哈瓦那爱乐乐团指挥。顺便一提，埃里希的儿子卡洛斯·克莱伯也是著名的指挥家，他虽然出生于柏林，但因为与父亲一同移居拉丁美洲，故而取了“卡洛斯”这么一个西班牙语名。卡彭铁尔和老克莱伯是艺术上的知己，他曾经发表过多篇评论，盛赞后者卓越的指挥成就，在艺术上力求创新的态度，以及为拉丁美洲的古典音乐所做出的贡献。《追击》中出现了两个版本的《英雄交响曲》，售票员听到的老唱片是魏因加特纳的版本（见本书第一章第一节注释），至于逃亡者在音乐厅听到的现场版，有学者认为，卡彭铁尔在写作时，极有可能参考了老克莱伯于 1950 年灌制的唱片。这两个版本的《英雄交响曲》，第二和第三乐章之间的停顿都分外地长，文中也专门提到了这处细节。当然，《追击》的故事发生之际，老克莱伯尚未抵达古巴，更没指挥《英雄交响曲》，但这不妨碍卡彭铁尔在1955年的创作小说时，把后来发生的两件真事“平移”到了30年代的哈瓦那。

三、城市与建筑

《追击》中的另一个与作家的个人经历密切相关的因素是建筑。卡彭铁尔的父亲是一名法国建筑师，他本人子承父业，考入哈瓦那大学建筑系，后因家庭原因，被迫中断学业。这一点与《追击》的主人公非常相似。他后来曾说，自己力图在这部小说里描绘出哈瓦那的一系列建筑和街景，其中那些标志性建筑物，比如音乐厅及其对面的维亚隆公园、建在山坡上的哈瓦那大学、印第安女神喷泉、安放着总统雕像的大街、嘈杂鼎沸的市场，甚至把椅子倒挂在天花板上的当铺，都逼真地还原了当年的实景。而文中多次出现的那句拉丁文“HOC ERAT IN VOTIS”，至今依然镌刻在哈瓦那大学主楼的外墙上。

哈瓦那老城始建于五百年前，第一批以蔗糖业发家的种植园主在城里建造了大量奢华的豪宅。后来，随着经济的多元化和城市的扩张，新一代的富豪纷纷搬到城外的维达多新区安家置业。留在城里的那些美轮美奂的建筑，要么出租，要么荒废，随着岁月的变迁，逐渐沦为社会底层群居的大杂院，虽然破败，却依然如迟暮的美人，残留着当年的优雅，小说中的“望楼”就是它们的缩影。智利评论家哈斯在《我们的作家》里评论道：“我们怀疑，对于卡彭铁尔来说，建筑有时比人类更加令他震撼。比如《追击》里的逃亡者在哈瓦那老城的廊柱下东躲西藏时所感到的痛苦，比起这个时代最后的古典老建筑在垂死中挣扎的痛苦来，显得格外微不足道。”①

与此同时，随着哈瓦那老城不断地改造翻新，一座座风格迥异的新建筑拔地而起，与凋零中的老建筑并肩而立。虽然乍一看格格不入，却又彰显了这个城市独一无二的“混搭”魅力。这种杂糅纷乱、动感多元、离经叛道，甚至貌似“堕落”的风格，正体现了卡彭铁尔一直推崇的、最能反映拉美特色的“巴洛克”精神。1970年，他为摄影家保罗·加斯帕里尼举办的哈瓦那建筑的摄影展撰写了一组导览性质的散文——《千柱之城》。他后来在一篇演讲中说，《千柱之城》中提到的很多地方，都在《追击》里出现过。这两部作品，就像对称的巴洛克立柱一般，蕴含着诸多巧妙的互文或对位关系。

① 《我们的作家》，第24页。

四、翻译与体验

译者的工作很像演员，原文就是演员的剧本。不同演员可以用不同方式诠释剧本，但无论怎样诠释，都不能仅限于只读懂纸面上写了什么，而必须要有深度的体验和感悟，要钻到原作者的心里去弄明白，他为什么要这么写。对我而言，卡彭铁尔这样的伟大作者如同一座高山。我必须努力向上爬，尽可能爬到离他更近的地方，这样才能多看到一些站在他的高度才能看得到的风景，并将它们体现在译文中。

具体到《追击》的翻译，我印象最深的是售票员在开场时对《英雄交响曲》的描述。作为一名学音乐的学生，他是以专业的视角来看待乐队、指挥和演奏的。在读到人物经不住诱惑，在“第一段长笛和小提琴的合奏”响起时，匆匆离开音乐厅去找埃丝特蕾娅的时候，出于纯粹的好奇，我也很想知道卡彭铁尔提到的合奏究竟是哪一句。于是我查证了《英雄交响曲》的总谱，按照提示找到了小提琴和长笛第一次奏响的旋律：

这是一段激昂澎湃、一路渐强的下行音阶。主人公就是在它响起的一刻，欢欣雀跃地冒着瓢泼大雨，冲下了长长的阶梯。当我读懂这段乐谱的时候，白纸黑字的文字突然变成了配了乐的电影画面，无比鲜活地动了起来。而我也在文字与音乐的水乳交融中恍然大悟，卡彭铁尔为什么会专门提到这段合奏。我想他在写作中，一定像笔下的售票员那样，对着贝多芬的总谱听过《英雄交响曲》。而自己作为译者，必须以同样的方式把这首曲子听几遍，才能更好地理解他。此前我从未这样欣赏过交响乐，在五十分钟的时间里，我眼睁睁地看着五线谱上的音符如砖石般凌空飞起，构建起一座恢宏的圣殿，并隐约透过那些长长短短的乐句，感觉到了以前从未感觉到的、像建筑一样重重叠叠的对称与呼应。这是我第一次意识到一首乐曲是怎么写出来的，并站在这个崭新的视角上，尝试着摸索卡彭铁尔创作时的思路。建议大家在阅读的时候，可以特别留心一下《追击》中音乐性的对称。大到完整的故事情节，小到一团电线、一条狗、一个烟头……文中提到的每一个情节和物品，都如设计好的电影镜头，总能在后文里找到呼应的地方。虽然卡彭铁尔打乱了时间顺序，运用倒叙、意识流等创作手法，把各个章节都凌乱地敲成了碎片，甚至初读时令人不知所云，但当我们耐心地拾起每一块碎片，把它们一点点拼起来的时候，就会惊奇地发现，最终呈现眼前的，不是超现实主义风格的抽象画，而是一幅无比精巧、细致、像阿拉伯花纹一样充满了几何之美的工笔画。我也特别建议学习过音乐的读者，对着总谱听一遍贝多芬的《英雄交响曲》。也许你会从中得到别样的启发，从而更好地理解这部小说，甚至从中发掘出其他与音乐相关的用心之处。

在翻译这部小说的过程中，还要特别感谢一个人，就是《追击》的编辑周展老师。他不但是一位优秀的文学编辑，还是古典音乐的资深乐迷，并针对音乐相关的内容，提出了很多宝贵的建议。比如文中的逃亡者回忆处决叛徒的那一段，当众人行刑完毕、渐渐走远的时候，他口中不停念着“Era necesario”（必须这么做）。周老师在审稿时指出，这句“Era necesario”令他想到了贝多芬在第十六弦乐四重奏的最后一个乐章里写下的一句话——“Es muss sein”（常译为：非如此不可）。虽然没有确凿的证据证明卡彭铁尔在创作中确实想到了这句话，但我们俩一致认为，有鉴于本书与贝多芬作品的明显呼应关系和卡彭铁尔旁征博引的创作习惯，我们应当在译文中体现出这处文字与音乐的互文，为读者们提供更多想象的空间。于是我特别将原来的译文“必须这么做”，改成了现在的“非如此不可”。

小时候，我曾学过几年钢琴，虽然花了不少工夫，却没弹出什么成绩。那段惨淡的琴童生涯是我最不愿意提起的往事，但没有想到的是，在翻译《追击》的日子里，那些黑键与白键的记忆，却如久违的潮水一般，每一天都冲刷着我的脑海。因为我的钢琴老师也是一位佝偻着背的老太太，也是一位基督徒，也住在一所破旧的老宅里。那是她父亲留下的独栋别墅，后来又搬进了很多人。房子虽然破旧，却总在某个不经意的地方露出几分别样的优雅。老师年轻时留学美国，专修钢琴，回国后因为种种原因没有工作，守着这所老宅教了大半辈子钢琴，直到八十多岁生命的终点。我还记得她的钢琴虽然老旧却特别好听，琴上方的墙壁上悬着一幅贵妇人弹琴的油画，对面的雕花柜上摆着一张她年轻时穿着旗袍、坐在三角钢琴旁的旧影，墙角立着一座高大气派的外国落地钟。我曾几度细细地回想过那座落地钟的模样，我觉得小说里写到的那座落地钟就是那个样子……当我也同《追击》的主人公一样，隔着绵长的岁月，打开尘封的行李箱，重新抚摸着时间留下的陈迹的时候，心中总会升腾起一种奇怪的感觉，仿佛卡彭铁尔笔下遥远的老宅，与童年这座萦绕着琴声的老楼之间，早就存在着某种神秘的联系。也许一切都是最好的安排——我当年学钢琴，不是为了弹钢琴，而只是为了在许多年后，去翻译一本来自古巴的伟大的小说。

陈　皓

2024 年 8 月于青岛大学